新說 狼與辛香料

狼與羊皮紙 8

支倉凍砂
Isuna Hasekura

Illustration
文倉十
Jyuu Ayakura

「喂，你有在聽嗎！」
賢狼與旅行商人之女
繆里

試圖促進教會改革的「黎明樞機」
托特・寇爾
「沒有。
已經很晚了，我要睡覺。」

「爾等這班只會用學識牟利的
大學城寄生蟲，
吾在此奉主之名，
將爾等全部治罪！」
賢者之狼
露緹亞

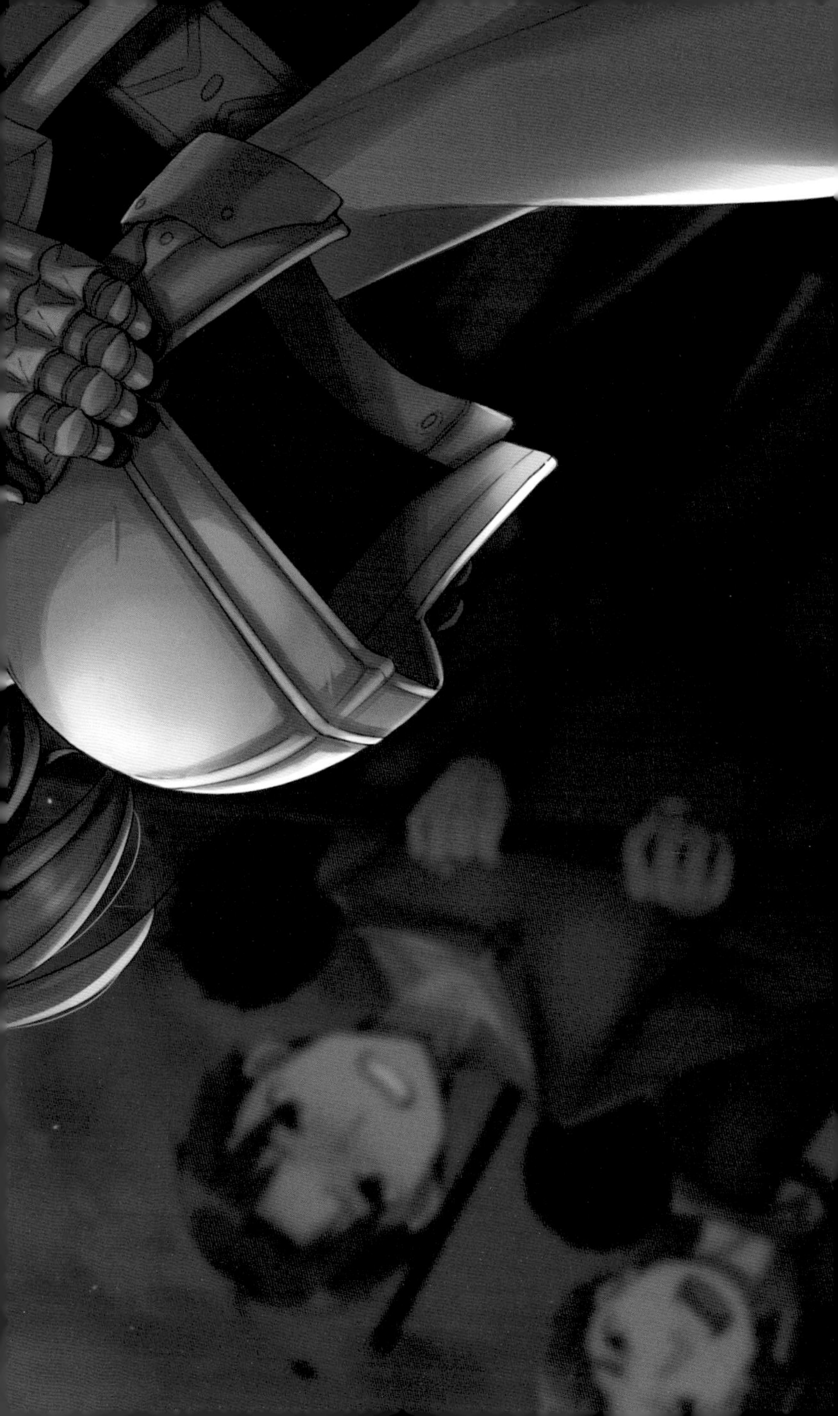

「要召開大公會議了，寇爾先生！」
教廷書庫的見習管理員
迦南・約罕耶姆

「……聽起來不像是壞事。」

Contents

新說　狼與辛香料

狼與羊皮紙 8

Kadokawa Fantastic Novels

WORLD MAP
凱森
迪薩列夫
多蘭平原
阿蒂夫
樂耶夫山
約伊葩
薩羅尼亞
凱勒科
紐希拉
拉波涅爾
堂斯格
樂耶夫河
伊克
凱爾貝
斯威奈爾
托爾金
溫菲爾王國
雷斯可
雷諾斯
羅姆河
普羅亞尼國
特列歐
恩貝爾
卡梅爾森
拉姆特拉
崔尼國
波羅遜
留賓海根
帕葩歐
約連
雅肯
斯拉烏德河
帕斯羅
往雅肯
N
W
E
S

地圖繪製／出光秀匡

序幕

聖經譯本捧在手上，我卻怎麼也靜不下心來看。

或許是變得極其盛大的騎槍術比賽餘韻，抑或是收拾過後，緊接著準備聖經印刷事宜，稍微影響了我的心情。

但至少，我知道明確的主因在哪裡。

那就是在我身邊沙沙擺尾，握著羽毛筆寫得目光燦爛的少女。

「繆里，頭抬高一點。」

我看她臉都要貼到紙上去了，便伸指推開她的額頭，結果沒多久又湊了上去。前幾天剛結束的騎槍術比賽，對這個醉心於編寫理想騎士故事的野丫頭來說，簡直是題材的寶山，怎麼寫也寫不完。那投入的模樣，好似深怕時間會沖淡快樂的記憶。

在賽事最高潮，她甚至忘了自己聖女的打扮，跳上眼前柵欄瘋狂高揮雙手，鬧得全場譁然。為她難得端莊卻又轉眼破滅而仰天長嘆時，那片沙塵漫漫的天色，我到現在都記得很清楚。

而且若只是醉心於編寫理想騎士故事，那還算好的。

寫到快跳進紙裡面的繆里，漂亮的銀髮動不動就差點沾到沒乾的墨。伸手幫她撥，看見綁在我手腕上的繩子反又長嘆一聲。這條繩子一直往下垂，另一端是綁在繆里的腰帶上。

起先繆里是綁在我脖子上，費了一番唇舌才改成手腕。

不管是吃飯、睡覺還是洗澡，她都不肯解開。

更糟的是，她的慣用手不是抓著羽毛筆或小麥麵包，就是抓著我的袖角。

看著她寫那篇荒誕無稽的騎士故事時心無旁騖的側臉，我想起她綁上這條繩子時說的話。

——要是一不注意，大哥哥又被壞人抓走了怎麼辦？

這原本是哥哥對年幼妹妹說的話，我卻無從反駁。雖然那是幾個誤會和霉運的結果，但我的確是被人從旅舍綁走，把繆里給急壞了。

誰也不肯告訴我繆里究竟是擔心成什麼樣，全都三言兩語含糊帶過，表示那嚴重到他們需要這樣做吧。

為了補償她，我便乖乖讓她綁，可是那真的教人很不自在。

相繫有它的象徵意義，何況剛下山遊歷那幾天，繆里整天都吵著要作我的新娘。想不到如今真的繫在同一條繩子上了。

綁上自己的腰帶時，繆里也顯得頗為高興。

「受不了……」

這聲脫口的牢騷，對象不知是繆里，還是我自己太掉以輕心。

總之她的臉實在離紙太近，我又伸出指頭推遠一點。

第一幕

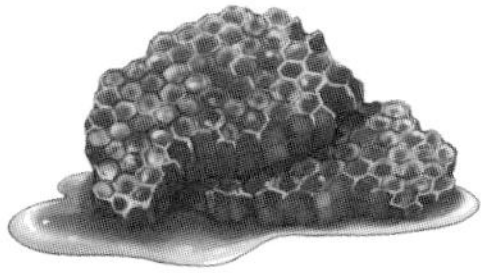

提起鑄造金屬器材，大多會想到塞滿木材火炭的高大石爐，然後是一群揮汗工作的壯漢。不過這是鐵器或玻璃坊的情況，鉛器不至於那麼辛苦。臨時工坊裡急造的爐，也和想像中麵包爐那種造型不同，像是無蓋的石棺，跟烤全豬用的差不多。

事事好奇的繆里，把爐上的坩堝，和爐子風口處用牛膀胱做的鼓風都仔細看了一遍，還向工匠們請教用法。

在這所臨時工坊，她總算是解開了繩子，但還是再三命令我一定要待在她視線範圍裡。

因此，每當她看著鉛塊在爐上坩堝裡熔化，鼓風吹出大量火星而轉向我，發亮的臉上全寫著「有沒有看到！」時，我總會懷疑她叫我不准走遠到底有多認真。

另一方面，曾遭教會通緝的前工匠強，以及在他指揮下幹活的工匠們工作得很順利，很快就開始試鑄印刷所需的鉛字。他們將鉛水注入平時雕金琢銀的精雕工匠刻出的鑄模，再把成品修整乾淨。這第一字即是聖經的第一字，強檢查過後，慎重其事地沾上墨水。

鉛字在工坊所有人的注視中按上紙面，捺出一個醜醜的字。我很清楚這其中沒有一丁點的魔法，就只有一個令人感到新時代就要來臨的現象。

「大哥哥大哥哥，我的字還比較好看吧？」

只有天不怕地不怕的繆里，在我耳邊偷偷這麼說。

見到印刷的準備工作如此具體地開始後，我在校閱聖經譯本上也感到前所未有的緊張。畢竟任何一個錯誤，都會被忠實記錄下來，複製無數遍。

另外對繆里來說，儘管對字樣頗有微詞，目睹前所未有的技術誕生，似乎仍對她造成不小的刺激。之前騎槍術比賽的盛況，與騎士們對話而聽來的故事，再加上無畏於觸怒天神的神祕技術，讓她忍不住動手寫起一篇浩大的冒險故事。

然而兄妹倆都在巴在桌前，全神貫注於手上工作，自然就不會去互相提醒不要太過投入。這真是一大失誤，我甚至忘了我和繆里是留下來顧修道院的。比賽過後，各主辦人都去勞茲本處理各項事宜了。

兩王子不合已是全國皆知的事實，如今前嫌盡釋，國王要為這件大喜之事辦一場公開大宴昭告海內外，海蘭也要到勞茲本協助籌辦。未來的修道院長克拉克由於立場使然，也必須參與。從教廷帶來聖經印刷計畫的少年迦南，見到強熱血沸騰地致力於復活一度遭封禁的印刷術，原以為不可能的計畫眼看就要實現，便要趕回老巢教廷圖書館通知同伴這個好消息。現在人應該在船上了。

書商魯．羅瓦要趁來觀賽的貴族還沒離開勞茲本談生意，順便替我們打聽新大陸的消息。

鷲之化身夏瓏在賽後迅速完成善後工作，隨即為了籌措在修道院設置臨時工坊、修繕建築、工匠寢食所需等各式各樣極大量的物資與人力，同樣前往勞茲本，向承包商伊弗下訂單去了。

結果就是，在實務上幫不上什麼忙的神學書呆子，以及在外揮劍時想到題材就得意洋洋記錄下來的少女，要留在臨時工坊兼修道院預址看門。

過了許多天，夏瓏回來了。從她的表情，我發現我們比想像中更不適合看門。

「……總之，你們先梳洗一下吧。」

我們一開門迎接，率領一大排滿載貨車，自己揹的東西也多得像旅行商人的她，劈頭便立刻這麼說。

我看看身邊的繆里，她臉上的確是墨痕斑斑。她也歪起頭，鼻子貼著我腹側聞一聞，很沒禮貌地用力捏起了鼻子。要是我會臭，老愛緊抱我睡覺的繆里也要負一半責任才對。

「飯都有吃嗎？」

我看著繆里一溜煙往水井跑，自己也唏噓地準備跟上時，夏瓏不敢恭維地問。

「……應該……有吧？」

想了半天，也記不得自己吃過些什麼。

夏瓏嘆口氣，往水井抬抬下巴。

「我先前有去工坊看狀況，那些工匠跟你們差不多，專心到什麼都忘了……去跟他們說一聲吧，我去煮點吃的。」

被幹練的夏瓏訓話，我也只能彎腰低頭，乖乖照辦。

夏瓏乍看之下不太親切，對待孤兒卻是呵護有加，又很會照顧人。大概是事先料想到會有這種事了吧，她從勞茲本的孤兒院帶了幾個孩子過來，指揮他們進行多人用餐的伙食準備。那老練的模樣，好比修道院裡的頂梁柱修女。

我和繆里用工匠們剛挖的水井沖完水時，廣場已經變得像露天廚房一樣。

「哈哈哈，大家都是滿嘴毛。」

見到在工坊為印刷聖經忙碌的工匠們和我們沒兩樣，惹得繆里哈哈大笑。這些活像山賊的工匠們都好久沒有好好吃頓飯，個個狼吞虎嚥起來。

「大哥哥都不太會長鬍子耶。」

我只要一陣子不打理，多少還是會長一些，不過繆里從以前就很想看我變成大鬍子的樣子。之前拿小刀出來剮，還嚷嚷著嫌我怎麼不把握機會留長一點。

「其實我也有點憧憬捻鬍鬚沉思的形象啦。」

可是看她樂得說：「留長以後要給我綁辮子喔。」我就不想留了。

慧黠的夏瓏在勞茲本買了大量麵包回來，將大鍋架到熔鉛的爐上，豪邁地弄了鍋蒜炒羊肉夾麵包吃。用重口味的食物填飽肚子，再喝些許葡萄酒潤潤喉後，身體忽然沒了力氣。這讓我終於發現自己是真的累了，而繆里早就在大廳角落躺平，跟工匠們睡了一地。

「我們家克拉克就夠邋遢的了，結果你也是丟著不管就會搞到皮包骨餓死路邊嗎？」

容易廢寢忘食的毛病被夏瓏這麼一酸，我也只有縮脖子的份。

「真的很丟人……妳能這麼快回來真是太好了。」

夏瓏望著孩子們收拾廚具，哼一聲回答：

「什麼舉世聞名的黎明樞機嘛，還不是要人把屎把尿的小孩子。」

目送三個孩子合力搬走蒜炒羊肉的大鍋後，夏瓏才終於轉向我。

「在勞茲本那裡，都把你傳得跟救世主一樣了。」

夏瓏笑得很賊，看不出幾分是真幾分是假，不過這倒是不難想像。

「還說什麼針鋒相對的王子能和解，是因為黎明樞機接下神的意旨，用騎槍術比賽修復他們的關係。」

那愉快的笑法使我深深嘆息。

「妳也知道那只是說得好聽吧……事實上我怕繆里因為我被綁架而氣瘋，衝去咬克里凡多王子的喉嚨，拚命想出來的結果。」

綁架只是誤會，克里凡多王子並不是壞人。我絞盡腦汁不是為了自己，是保護王子不被齜牙咧嘴，準備把犯人大卸八塊的繆里傷害。

然而人們不知道這些事，對外公開的只有原本謠傳不惜造反奪取王位的二王子，與王位繼承人大王子，透過騎槍術比賽握手言和的事實。而大家都認為，這是百年難得一見的奇蹟。

我當然不曾宣稱任何功勞，王子他們也沒提過，不過賽場貴賓席上是由海蘭作兩位王子的中間人，民眾便認為黎明樞機是背後的推手。

「海蘭不是說你最好別出現在和解宴會上嗎？真是有先見之明啊。要是人家知道你在勞茲本，肯定被滿城的人追著跑，擠成爛抹布一條。」

夏瓏笑得好開心，我聽得好沒力。我是抱著匡正教會弊端，將亂世導回神之教誨的雄心壯志離開紐希拉沒錯，可是一天比一天大的名氣，實在壓得我喘不過氣。

迦南甚至問我要不要成為聖人，差點嚇死我。現在就這樣了，要是成為聖人，我恐怕會永無寧日。

為之鬱悶時，夏瓏忽然說：

「對了，我有東西要給你們。」

然後就離開大廳，從堆在外頭的大量貨物中提一口裝得下繆里的大皮袋回來。

袋子雖大，她提得倒是很輕鬆。看了裡頭，我也就明白了，但也有不明之處。

「這是書信？怎麼這麼多？」

就算是容易操心的海蘭寫信給我，這也未免太多，再說它們都弄得挺漂亮的。

「你覺得自己承受不起這麼高的名聲，不過那條笨狗還要誇張得多喔。」

夏瓏用下巴比了比縮成一團睡覺的繆里。

我隨手從袋裡取出一卷。紙是高級羊皮紙，以馬鬃束起，還捺了鮮紅的家紋蠟封，好不氣派。

「這全都是給那條笨狗求婚的。」

「咦！」

驚愕與不敢相信的嗤笑，在咽喉深處攪成怪異的呻吟。

「人家都誇她是笑容如陽光般燦爛的聖女呢。從賽場上遠遠地抬頭看主賓席，大概真的是那種感覺吧。」

繆里穿的的確是修女的衣服，不說話就完全是聖女的形象。

但不知該說「可是」還是「正因如此」，聖女形象的她興奮到站上柵欄猛揮雙手，似乎撥動了諸多騎士的心弦。

「……可是這也未免太多了吧……？」

「海蘭也為該不該交給你苦惱了很久，可是總不能說丟就丟。比起怎麼在宴會上讓大家看見兩位王子的關係恢復得多好這種關係到國家命運的大事，這還讓她更頭痛呢。」

我眼前浮現出平時就忙碌得很的海蘭為瑣事抱頭苦思的樣子。

替崇禮尚義的主人祈求保佑後，我將手裡的信放回袋子。

「我都被叫成黎明樞機了，人家當她是笑得像太陽的聖女也不為過吧。」

見我放棄掙扎，夏瓏又樂得笑起來。

「但願這能讓她多少意識到自己已是適婚年齡，可以端莊一點。」

「不可能的啦。」

夏瓏斬釘截鐵地這麼說的同時繆里翻了個身，伸長的腿壓得底下工匠呻吟起來。

「既然有那麼多人在搶，不知道會不會有一個和那個野丫頭旗鼓相當，能給她幸福的。」

騎槍術比賽沒過多久就這麼多人了，未來肯定不停有人來信求婚。

「如果你是真的這樣想，我也沒什麼好說的了。」

平時繆里和夏瓏老愛臭雞笨狗互罵，卻也因此成了冤家。我當然知道夏瓏的話和笑容是什麼意思。

繆里在我手上綁繩子除了開玩笑，也表示在我遭綁這段期間她有多麼擔心我。

「對了，印刷的事順利嗎？」

大概是羊皮紙用焚香燻過吧，大量情書的香甜氣味衝得夏瓏不耐煩地束起袋口，並這麼問。

「實驗很成功。我會把確定無誤的譯文照順序交給工坊製作鉛字，等鉛字夠了，就會開始正式試印。」

「嗯，這樣啊……」

怪了，夏瓏表情不怎麼高興。用鉛字複製大量文書的技術雖然方便，但教會也知道它十分危險，甚至要封禁起來。

然而夏瓏應該是屬於中立立場才對呀？接著，這位幹練的前徵稅員如是說：

「在採購材料上會有點問題。」

我以眼神表示不解，而她的臉色透露出在勞茲本連日奔走的疲憊。

「你不是從聖經的頁數，告訴我預估的紙墨分量了嗎？」

請夏瓏訂的材料，是我和強討論出的粗略最低需求。

「金額太大了嗎？」

採購材料出問題，我自然先往這想。最近我們遭遇的阻礙，十之八九都是資金問題。

光是祈禱，也不會讓記載神語的聖經多一本出來。

「這倒是沒問題。騎槍術比賽讓那個黑心商人伊弗賺飽了荷包，捐款也讓海蘭可以鬆鬆褲腰帶了。」

比賽盛大成那樣，憑伊弗的手腕肯定能大賺特賺。

聽見經常自掏腰包的海蘭有筆捐款收入，我也為她鬆口氣。

「但現在東西是有錢也買不到。夏天愈來愈近，是一年中最有活力的時期。商人的生意會跟著愈來愈旺，契約和交易記錄需要用到非常多的紙。伊弗跟我說，你要的數量就算請全國紙坊來做都做不出來。」

伊弗曾是王國貴族，交遊廣闊。既然她這樣說，那就是這麼回事吧。為尋找強而探訪各處紙坊時，也看得出他們紙源並不充足。

而且要用在新式印刷的紙量，和過去的謄寫用量不是同一個層級，一時之間當然拿不出來。

「所以……？」

夏瓏嘆息回答：

「是可以跟大陸那邊的商行買買看，但缺紙的事走到哪裡都一樣。海蘭好像就跟德堡商行打聽過了，可是紙的原料不是破布嗎？北方人比南方人少，又可能因為天氣冷，收不到多少破布，光是滿足產地所需就很吃緊了。何況到南方去到處下大訂單，八成會引來懷疑。」

的確有道理。而且我們做的是被教會封禁的技術，必須設法避免吸引民眾關注。

「和你們一起行動的那個叫迦南的，說他回教廷以後會試著幫我們弄點紙墨。叫魯．羅瓦的書商，也會看熟識的謄寫匠工坊有沒有庫存。」

夏瓏的語氣顯然是不抱希望。

「就算現在跟紙坊下訂，缺紙的事也得等到買氣冷的冬天才會解決。你們的印刷計畫可能要把規模縮小一點才行。」

我相信聖經俗文譯本將在王國與教會之爭中造成巨大的影響。在大陸推廣得愈快，明白教會弊病的民眾對改革的呼聲也會愈高。另外重要的一點是事情拖久了，不曉得教會會用什麼戰術來反詰。

因此，我們需要儘速執行計畫。

然而紙上談兵往往會撞上現實這堵牆。要求工匠住在工坊裡就是一筆很大的開銷，解散重召也不是那麼容易。

「再說修道院怎麼整修都還沒有個底，實在一個頭兩個大啊。」

我們初訪此地時，克拉克就是在一大片廢墟裡單獨拚命除草。雖然後來整理得還可以，要當成修道院，仍需要相當大規模的整修。

夏瓏從孤兒院帶來的孩子不單是幫廚，手也很巧，可以做點簡單的裝修。先前勤快地整理鍋碗瓢盆，現在則是手拿工具到處跑。

「沒人知道王國和教會爭到最後會是什麼樣。為了修道院的未來，能請您趕快把事情處理好嗎，黎明樞機閣下？」

我只有名聲徒長，實際上並沒有任何特殊能力。

能回夏瓏的，頂多是一抹苦笑罷了。

後來我抱起和工匠睡成一團的繆里，送回房間床上。那毫不設防還摳起肚子的睡相，看得我直搖頭。但蓋好被子，整理瀏海後，仍像個等待王子吻醒的公主。

雖然沒關係，但我看到那個順便揹上來的求婚信大皮袋，嘴上仍不禁浮出尷尬的笑。

世人終於注意到繆里的魅力，讓我頗為驕傲。也因為世人總是準備周全的一方，發出希望她趕快長大的唏噓。

不過，坐在好夢正酣的繆里身邊，用手梳理她摻了銀粉般的灰髮時，我忽然想到如何向紐希拉的溫泉旅館老闆說明而苦惱了一番。

而且最近比較少寫信回去報告近況，頗感虧欠。

我左右撥弄著繆里柔軟的瀏海，思考戰略。

例如印刷聖經所需的紙墨不夠，需要找地方用個漂亮的名目買齊。在對抗教會方面和我們利害一致的德堡商行都不容易弄到了，那麼在這種問題上最靠得住的，就是這位野丫頭的父親，曾經叱咤風雲的旅行商人羅倫斯了。他有數不清的奇異管道，甚至比勢若領主，能在北方發行貨幣的德堡商行還要多。

請他提供一些實際的建言，再輕描淡寫地提起求婚信的事，能不能減輕一些震撼呢。

盤算到一半，繆里一個翻身抓住我的手，整個人纏上來。

那孩子氣的行為讓人覺得她還要很久很久才能出嫁。

在故鄉替獨生女操心的父親心裡，一定把她看得更小吧。

「……求婚信的事，還是別說好了。」

要是寫下去，恐怕會把信上的其他事從那位疼女兒的父親腦袋裡全部炸飛。

「妳啊，真是個不孝女喔。」

不知她是否聽見了，曾幾何時露出狼耳狼尾的繆里抖抖三角形的耳朵，發出滿足的鼻息。

「看吧！不懂我魅力的就只有你一個！」

睡完午覺的繆里一看到那堆求婚信，劈頭就這麼說，還驕傲地搖起尾巴。接著隨便拿一封出來，解開蠟封開始讀。

「妳天真爛漫的舉止與美好的笑容，已經奪走了我的心……聽到沒！這封也是！啊，這封也是！」

她一封接一封地攤開信紙，掃一眼就往床上扔，令我不住嘆息。每封都說對她興奮得跳上柵欄揮舞雙手純真歡笑的模樣，烙下了難以磨滅的印象，但更糟的是，我自己也認同「陽光般燦爛的笑容」這種話。

「不懂我可愛的，就只有大哥哥你了啦。」

這種雙手扠腰發牢騷的動作，是渾身充滿自信的無敵少女特有的。

「可是那幾乎都是誤會吧？」

揉著眼睛這麼說，無非是因為校閱聖經的疲憊，以及繆里依然是那麼眩目。

「那天妳扮成聖女，就真的只是打扮而已嘛。要是妳心裡有把信仰之火，我倒還能說這幾位男士果然有眼光。」

我放下羽毛筆，轉向繆里訓話。

「再說，就算妳聖女的打扮騙得過他們，一張嘴就馬上原形畢露了。畢竟妳是真的完完全全，連一丁點的信仰都沒有。」

騎槍術比賽約兩週的賽事期間，聖女這角色似乎也讓繆里扮出了興趣。為了扮得更像，她甚至熱心地向海蘭請教祈禱的動作、秀氣的走法和餐桌禮儀。被繆里這樣拜託，海蘭自然是高興得不得了，興沖沖地請繆當老師，繆里也聽得很認真。

我看機會不錯，也想說說信仰的事。結果一開口，她就擺出青蛙在河邊泡水的臉當耳邊風，重複三次以後我就放棄了。

因此，這野丫頭現在聽我說這些也根本不會怕。

「啊～？我可以跟你打賭，等我跟這些人聊過以後，他們一定都會來跟我旅行的啦。」

是年輕嗎，還是在備受寵愛的環境下長大，不曉得她哪來的自信。

多半兩者皆是吧。但後者我也有部分責任，真教人頭疼。

「啊，可是……對喔，應該沒錯。這樣的話，那也可以吧？」

「……妳在可以什麼？」

這名少女表情肅然地有所領會時，八成是在動歪腦筋。

小狼面對扔在床上的成堆求婚信，露出得意的笑。

「還記得嗎，騎槍術比賽不是只有一對一，還有要擺陣形的團體賽嘛？」

「嗯……嗯嗯？有是有啦……」

「那很棒對不對！罩上鐵袍的馬站成一大排，每個人分別拿專用的超大盾牌、長槍和旗桿完美搭配快速進擊的樣子，簡直像舞台一樣！」

後半的形容，多半是從哪個詩人聽來的吧。槍術對決的確很慷慨激昂，不過集團戰也能令人感受到騎士千錘百煉的歷史，同樣情不自禁地激動起來。

但是，這讓她想到什麼了呢？

闔眼回想前幾天賽況的繆里，忽然像吃到糖漬點心一樣睜大眼睛。

「所以我啊，覺得這有搞頭啦！」

繆里抓起好幾封求婚信說道：

「我要給這些人全部回信，讓我跟大哥哥的騎士團有一大堆騎——」

「不行。」

我不等她說完就駁回。

為這不像話的野丫頭傷腦筋時，她又嘟著嘴逼上來。

「為什麼！大家都會樂意加入的啦！好嘛，有什麼關係！騎士團大起來，你也與有榮焉吧？這樣就可以每天比賽，還可以上場打仗了耶！」

還抓著我衣襟猛搖。

我知道她不是開玩笑，所以特別無奈，也為有可能實現而頭痛。

執劍引導戰士的女武神，自古以來即是戰爭史詩的象徵。

但試想繆里笑呵呵地揮劍帶領大批騎士行軍的樣子，就知道多荒謬了。而且這些騎士每一個都曾對帶頭的繆里示愛，我怎能眼看這愚蠢的無恥騎士團成真呢。

再說，我在這樣的騎士團裡又該如何定位。

我對現在這感覺暗藏玄機的兩人騎士團就很糾結了，光是想像全都是求婚者的騎士團我就胃痛。

「好嘛，大～哥～哥～」

才覺得這頭銀狼最近成熟不少，結果還是隻小狗。

我要把肺中空氣全吐出來般從椅子站起，揪住她細細的脖子。

「別說那種傻話了，快把床上那些信收拾乾淨！」

聽我厲聲下令，被我揪著脖子的繆里扭身轉向我，吐舌頭扮鬼臉。

我對唸唸有詞地開始整理信件的繆里深深嘆息，轉回書桌。如果是教育失敗，那我有不少責任。對著為校閱而攤開的聖經向神懺悔時，背後有人貼了上來。

「你又在禱告。啊，要寄回家的信？」

繆里從我肩膀上往桌面瞧。

看過正在等墨乾的信後，擺擺狼耳抱住我脖子說：

「求婚信的事還是不要說比較好呢。」

話裡的笑意，和剛睡醒的高體溫一起從背部傳來。

「咦，沒有紙跟墨水喔？」

和夏瓏談這件事時，繆里正挺著被麵包夾羊肉填滿的肚子呼呼大睡。

「不是沒有，是比預期來得少。這會讓印刷計畫或把這裡改建成修道院的計畫出問題，所以我想跟羅倫斯先生——」

「那就不要找我那個沒用的爹，我們直接去跟紙坊買嘛！」

我是很想告訴她，妳眼裡那個沒用的爹其實是個很厲害的人，可是想到她有四隻耳朵也聽不進去就算了。

「順便跟每座城的紙坊租一堆故事回來看！」

總是在城鎮間流浪的樂手每到一個新地方，就會將自己知道的歌曲整理成冊，和當地紙坊交換熱門歌本。

在繆里聽來，那就跟到處埋寶藏一樣。

「還有，之前比賽的時候我跟很多地方的騎士聊過，發現王國或是海另一邊的國家，傳說故事真的完全不一樣耶！問過王國古老家族的人以後，他們也把還在用狼徽的家族告訴我了。到那裡去旅行，不就是一石三鳥了嗎！」

她說得像市場攤商推銷一樣溜，然而會得到好處的只有她一個。

但要是把全王國的紙墨都買下來，會嚴重影響商人作生意，回頭又是百姓受罪。若想大範圍少量購買，或許真的是自己走訪每個城鎮會比較好。

「而且啊，大哥哥。」

繆里的語調忽然和先前的亢奮氛圍不太一樣，引我側目。

「你不是跟那個像搗蛋鬼的王子談過了嗎？」

「搗蛋……妳說克里凡多王子？」

的確是有點那種感覺。對繆里來說，有第二王位繼承權的王子也只是個大一點的搗蛋鬼而已。

「為了他們，你也要繼續追新大陸的消息吧？雖然他們都迫不及待想打仗，可是萬一真的打起來，他們也會頭痛。」

克里凡多的手下，都是因世局平穩而失去出頭機會的貴族次子、三子。

騎槍術比賽即是這些不遇之人宣洩鬱悶的管道，聽說實際上也真的有幾個因表現優異而獲得賞識，成為軍官。但大多數仍是懸在半空中，需要足夠刺激才會放棄浮華的貴族之道。

克里凡多曾對新大陸表現濃厚興趣，是條出路。

「可是不管問哪個騎士新大陸的事，他們都把我當小孩子在幻想。伊蕾妮雅姊姊跟那個諾德斯通爺爺不也是不被宮廷當一回事，需要到王國以外湊資金嗎？」

據說西方大海的盡頭，有個誰也沒見過的新大陸。

但既然誰也沒見過，又憑什麼說它存在呢。這類童話常有這樣的問題。而我們現在也在追這件事，是基於幾個現實的理由。

首先，我認為這或許能夠解決長年膠著的王國與教會之爭。現在雙方都因為面子問題僵持不下，要是突然冒出新大陸這般彼此都能獲得巨大利益的寶庫，很可能就有藉口把糾紛擺一邊了。

第二是為了眼前這個一聽到冒險就雙眼發光的少女。此名身上流著狼血的少女不是人類，在世界地圖上也找不到安身之處。但若是沒人居住的土地，也許能建立一個前所未有，專屬於非人之人的國度。我們在旅途中結識了一位提倡這想法，名叫伊蕾妮雅的羊之化身少女。

而第三，則是唯一一個我自己的理由。起因是調查謠傳與幽靈船交易的諾德斯通時見到的東西。這可說是流傳世間已久的荒誕鄉野傳聞裡最誇張的一個。

突然離開諾德斯通身邊的鍊金術師，據說是往新大陸出航了。不過我想，事實上她或許只是想確定這個世界是什麼形狀。

諾德斯通的小屋裡，有個彷彿將月亮拽下地面的金屬球體，表面上刻劃了世界地圖。她就是要確定世界到底是不是跟這顆球一樣。

「大哥哥？」

繆里的聲音使我赫然回神。

世界形狀的問題，比強懷藏的禁忌技術還要危險。

這關係到眼前這本聖經的可信度，可怕得難以直視，但我更怕視而不見的後果。

這是極少數我不敢告訴繆里的祕密之一。

「不好意思……」

說完，我用半僵的嘴擠出笑容。

「沒想到妳會這麼亂來，差點把我嚇暈了。」

繆里雙眼圓睜，隨即雙頰大鼓，用尾巴甩我的膝蓋。

「不過……嗯，也不是全無道理。」

直至前不久，我還完全沒有拓展活動範圍到大陸去的想法。因為溫菲爾王國不只與教會抗爭，本身也有關於王位繼承權不安定的危險內憂。

而現在二王子已經沒有造反之虞，王國應該會將與教會的紛爭推進到下一階段。對我們來說，或許也到了擴大活動範圍的時候。

前往教會深深紮根的大陸，正式推動這場抗戰。

雖然光是想像就教人膽寒，但現在無論面對何種冒險，我都不是一個人。

「只要有妳在，我們一定能開拓出新的旅途。」

繆里原本氣噗噗的臉立刻得意地笑起來。

「而且，周遊大陸籌措紙墨的話，也可以邊走邊發我們印好的聖經。同時在調查新大陸這方面……嗯，是可以請教各地顯學，也許真的是一石三鳥吧。」

「對呀對呀！然後把各地的國王跟騎士拉來我們這邊，準備跟教會大戰！」

原來如此。即使扣掉最後一部分，繆里的想法仍是非常合理。最讓人驚訝的，是說到我們在這場抗戰不再被動，可以主動進攻，感覺很新鮮。

說得更白點，我不禁興奮起來了。

「新的冒險要來嘍，大哥哥！」

連這個聽到快煩死了的詞都頗為悅耳。

畢竟我們經過一連串困難和艱辛後，終於來到了這一步。

「啊～這樣的話，我們應該跟迦南小弟一起走才對喔？」

迦南是教廷的人，應該對南方地理比較熟悉，在大陸旅行時會是個可靠的嚮導。

「魯．羅瓦先生知道怎麼聯絡他吧，要補封信給他嗎？」

「嗯……如果大哥哥說什麼都要跟我單獨旅行的話，我是不介意喔？」

「……」

我擺出受不了的臉，她回我滿面笑容。

不曉得神有沒有看見這愚蠢的互動。

忽然間，繆里的三角耳豎了起來，從近處窗口窺探外頭。

「喂，耳朵尾巴藏起來！」

我趕緊抓起手邊大衣蓋住她的頭，而她毫不在乎地指著遠處說：

「大哥哥，你看那個。」

「什麼東西？」

我和繆里一起探出窗外，見到遠方有幾匹馬跑來。

仔細一看，馬上人物的輪廓十分眼熟。

「這就是那個，說人人到？」

開始寫理想中的騎士故事後，繆里的詞彙增加不少。這固然值得高興，可是來人騎快馬不會是為了報好消息。

我拍拍繆里的肩，解下寫字用的圍裙。

「魯・羅瓦先生急成這樣，不曉得怎麼了。」

出事的預感使繆里眼睛發亮，退回房裡迅速整裝。

「是冒險嗎！」

手拉緊腰帶就往最愛的長劍伸。被我委婉地拿開以後，免不了又小吵一架。

馬不只一匹，我便以為魯・羅瓦帶了其他人來，結果是他一人駕三馬。

我們困惑地為他開門，夏瓏也來看狀況。但他沒多理會，將像是從勞茲本一路騎來，跑得疲憊不已的馬交給她，就跳上另一匹馬。

然後對我說：

「我在路上解釋。」

看來剩下一匹是魯・羅瓦換騎的馬，一匹是給我們的。我有點呆住，不禁往身旁繆里看。她在這種時候調整得特別快，一把抓住我的手並對魯・羅瓦說：

「食物毛毯都夠嗎？」

「放心，路不長。」

繆里點點頭，對照顧馬的夏瓏問：

「臭雞，能幫我們看家嗎？」

「我可以把妳滿床的跳蚤清乾淨。」

繆里咧嘴扮鬼臉，接著發現腰間沒劍，猶豫該不該回房拿。天有不測風雲，先前的綁架已經證明了這點。用懸在她瘦小胸口的麥子袋變成狼，是她最後的手段。

可是在她跑回房間之前，夏瓏將掛在腰間的園藝柴刀連鞘一起拋給繆里。

「別弄壞喔。」

繆里愣了一下，嗤嗤笑起來。

「謝謝，借我一下喔！」

她們感情真的很不錯。

我先上馬，再抓繆里的手拉她上來坐我前面，然後跟隨魯・羅瓦離開修道院。

繆里回頭了好幾次，對夏瓏和她帶來的孩子揮手。

「請問，到底發生了什麼事？」

雖不至於趕到抽馬屁股，但馬背上的起伏也不輕盈。而且馬不是往勞茲本跑，而是西北方的王國內陸。

魯．羅瓦面色這麼凝重地來叫我們，為的不可能是喜事。難道會是王子們才剛和解又產生裂痕了嗎？心裡不停地往壞的方面想。

但魯．羅瓦的回答頗為費解。

「勞茲本的大教堂，來了個特別的客人。」

在這麼廣闊的田野中央明明不會有別人聽見，他還是壓低了聲音。

「勞茲本那種大城的大教堂，常會有人突然跳出來說『我是某某大帝轉世』，或是『背負神親自下達的重大使命』之類的。」

噠噠的輕快馬蹄聲，襯托出我與繆里的異樣沉默。而且這份沉默，是因為我們知道世上有幾個人會說出這種驚天之語。

「他說了什麼？」

總不會自稱是狼的化身吧。而魯．羅瓦對緊張的我說：

「他說他是教廷的使者，要和王族會面。」

聽起來不像非人之人，讓我們鬆了口氣，但不安仍在。坐在我前面，夾在抓轠繩的手之間的繆里扭身問：

「他有要找迦南小弟嗎？」

迦南是在教廷中樞服務的人，來到與教會敵對的王國可說是背叛行為。

奇怪的是，這時候來的應該是異端審訊官，必然會用更陰險的手段搜索迦南，很難想像這樣的人會堂而皇之地到大教堂找人。

那麼，會是迦南的朋友有急事要找他嗎？感覺還是不對。迦南是個行事聰明周到的人，一定會安排好聯絡方式。

「他不像是異端審訊官，也不像迦南閣下的朋友。而且我想，他們根本無關。因為這個怪異的訪客，懷裡擺了個雕工細到教人讚嘆的香爐。」

「香爐？」

繆里不解反問，我則是吞了吞口水。

「身負祕密任務的使者，常會帶這種信物在身上。」

這立刻勾起繆里的興趣，收起的狼耳狼尾都快跑出來了。

「對敵人隱瞞身分，有時也會難以對傳話目標證明自己是真正的使者。所以藏一個與窮酸旅裝明顯不相襯的貴重物品，讓對方知道可以信任。我在紐希拉就見過幾次這樣的人來找泡溫泉的貴客。」

熱愛冒險故事的繆里聽得鼻孔大張，挺直背脊。

「正是這種感覺。大教堂的亞基涅主教立刻就去找海蘭陛下談這件事，而其他人在這段時間把香爐調查過一遍，認為很可能是出自常接教廷生意的知名工坊之手。找去鑑定的伊弗小姐也是相同看法。」

也就是無法完全信任，但他的確十分可能是教廷的使者。

「金毛有見他嗎？」

「見是見過了。」

含糊的說法頗令人在意。難道會是他碰巧在路邊撿了個高級香爐，就以為神降大任於他了？

「總之，這個人實在可疑到不行，所以就先把他送進大教堂的地牢裡了。不過在柵欄後面，他還是一樣說些誇張到不行的鬼話。」

會是神的意旨，還是大魔法師般的詛咒呢。

繆里一副滿懷期待的樣子。

而魯．羅瓦的回答是——

「他只說要請黎明樞機參加大公會議，其他的問什麼都絕口不提。」

「……」

馬像是在躲路邊石頭，差點把我晃下去。

不。見到繆里不知何時替我抓住了韁繩，我才發現是我恍神到甚至忘了呼吸。

「大公……會議？」

我好不容易才擠出這幾個字。只見平時詼諧的魯．羅瓦面色凝重地點點頭。

在牢房裡的人，要如何用最少的字震愕海蘭呢。

這旅人的話，可說是比懷中香爐更貴重的金言。

「喂，大哥哥！」

繆里用手肘頂了頂我的腹側，轉頭過來，表情不太高興。大概是因為有聽沒有懂。

可是對知道的人來說，這卻是個令人發毛的詞。

地牢裡的人物若真是發瘋或想胡鬧，也未免太懂教會組織的事了。

「海蘭殿下怕這是暗處敵人的圈套，下令必須裝作沒這回事，所以——」

魯．羅瓦這麼說時，不滿於無法參與話題的繆里發現前方出現建築物。

「她不把你叫到耳目眾多的勞茲本，是認為在從王宮回來的路上和兩位見面會比較妥當。」

馬頭所指之處，是一棟兀立於廣大田野之間的鄉村風宅邸。在勞茲本和紐希拉都沒有這種獨特的大型建築，不僅可供大家庭居住，還有足以儲存大量農作物和家畜的倉庫。

小村小鎮沒有能同時容納多名隨從的樓房，王族旅行時經常選擇這類建築。且孤零零地座落在牧草地上，宵小也難以接近。

門前已拴了幾匹馬，還豎了好幾面王族的羊紋旗。幾個持槍士兵發現我們就上前來問話，魯．羅瓦應對如流。仔細一看，門前的旗幟分成三種，除了現任王室以外，還有王室相關成員──一種是海蘭的，還有一種大概是克里凡多王子的吧。才覺得怎麼沒大王子的，魯．羅瓦就告訴我身為王儲的大王子在宴會一結束就先出城了。和原本鬩牆的弟弟和解以後，便需要安撫恐將不滿於此的勢力等，有多不勝數的掌權者工作等著處理。

「魯．羅瓦先生到了。」

木製的大型雙開門後，是極為寬敞的挑高大廳。

廚房與客廳沒有隔開，直接用廚灶當火爐取暖，還有幾張酒館那樣的長桌。農具豎在牆邊，空氣裡夾雜著家畜的味道。看來同一個屋簷下的隔間另一邊，即是羊和馬的畜舍。

平時圍桌而席，聊作物或牧草生長情形，耕作狀況的農民，現在換成了一身輕甲的旅裝士兵，以及綁架風波時見過的貴族子弟，而克里凡多和海蘭就在他們中間。

「來啦？」

克里凡多起身並對旁人點個頭，他們就陸續離開宅邸。

這宅邸是直接露出天井和橫梁的開放式設計，隨行者出去以後，空曠得令人忐忑。

「說過了嗎？」

「大致解釋過了。」

魯・羅瓦回答海蘭，克里凡多接下去說：

「其實也沒什麼好講的了。這位來到大教堂的訪客只淡淡說了一句話，然後就像貝殼一樣再也不開口。簡直就像被詛咒的候鳥，只說災難即將降臨以後就死去的那個傳說一樣。」

克里凡多晦氣地這麼說之後，海蘭嘆了口氣。

「總之，樞機閣下、魯・羅瓦閣下，都先坐吧。當然，聖女小姐也請坐。」

海蘭給繆里的笑容，或許是當下唯一的寬慰。

魯・羅瓦一面請我就座，一面靈活地挪動他碩大的身子，替克里凡多和海蘭斟酒，並為我和繆里準備沒有酒精的果汁才坐。

「首先呢，多虧了各位的努力，我們國內總算是團結一致了。在這裡我要鄭重地感謝各位。」

海蘭如此起頭後，克里凡多也舉起啤酒杯說：

「舍妹能在勞茲本舉辦這麼大的盛會，能力當然是值得讚賞，不過這騎槍術比賽實在是太絕了。當雙方又是槍又是盾地打得昏天暗地以後，大家都認為感情不好的兄弟丟下了劍，像孩子一樣打成一團了！最後兩邊都滿臉鼻血泥土，鼻青臉腫地走出來，互相誇讚對方。還有怎樣的和解比這種方式更好的呢？」

有人生來無法繼承王位，也有人生來就被人譏笑除了等著繼位外一無是處。身為王儲的第一王子雖是個纖瘦的俊美青年，肚裡的苦水卻不輸克里凡多。

外表與性格皆不同的兩名王子形同油水之分，在任何場合握手言和，想必都很不自然。

但若是可以不顧身分地位，像延長童年般純靠蠻力互毆的場合上，就不在此限了。

繆里開心到跳上柵欄，就是因為這兩位老大不小的王子不顧顏面地把心裡的不滿全傾吐出來，全心全意地扭打起來。其中沒有宮廷權謀，陰謀詭計介入的餘地。

海蘭面有疲色但不顯得累，就是這個緣故吧。

「聖女小姐替我們揮手喝采，也來得正是時候。那讓在場每個人都知道，那是笑得出來的打架。」

克里凡多面對繆里說道。我想這個野丫頭應該沒那麼深謀遠慮，不過那場架的確有可能打出怨氣來。

繆里被誇得心花怒放，高高挺起胸膛。

「所以我啊，覺得十分有可能是教會聽說了那場比賽而開始急了，所以派人過來。」

話題接上了找我來的理由。

「他說大公會議是吧？」

即使支開了閒雜人等，我仍壓低聲音。

海蘭重嘆一聲，表情是不知所措。

「我到現在還是很懷疑，覺得說不定是原本想趁王國內亂牟利的貴族在垂死掙扎。覺得王國的良心黎明樞機是個麻煩，所以假大陸之手排除障礙。」

覺得有道理而點頭時，克里凡多說：

「不過我覺得應該答應才對。」

海蘭和克里凡多像是對此曾有爭論。而繆里依然不懂話題核心的大公會議究竟是什麼東西，在我身邊生悶氣。於是我替她問起，也順便確認我沒誤會。

「那個人確定是說大公會議沒錯吧？」

意見相左的兩名王族不約而同地看過來。

我清咳一聲，小心架構言詞為繆里解釋，以免造成誤解。

「我想兩位都很清楚，大公會議是教會中權威最高的會議，會議結果連教宗都非得遵從不可。如果我沒記錯，前次召開大約是八十年前，主題是與異教徒的戰爭。」

教會組織雖是以教宗為頂點的金字塔結構，但仍有許多舉世聞名的大神學家、領地大可敵國的大修道院、血緣與俗世掌權者密不可分的有力大主教等權威分散在外，並不是團結無間。存有異心、利害關係對立的人多得是，和俗世一樣需要持續掌控。

可是關於信仰的大問題，並不是戰爭贏家說了算。教會中的是非，必須根據聖經來決定。以和平方式執行此一原則的系統，即是大公會議。這會影響到散布於世界各地的教會組織該遵行的方向，而且權威最高的教宗也不得違逆會議決定，所以很少召開。

而那位可疑的旅人說，要請黎明樞機參加大公會議。

這其中有幾個大問題。

「第一，教廷真的要召開大公會議嗎？」

「我覺得是真的。」

克里凡多在胸前盤起粗壯的手臂，不服地說。

「因為我和大哥聯手了，王國堅若磐石。這樣一來，教會將在這場紛爭裡真正地落於劣勢，所以想用大公會議取得共識。」

我也因為王國排除內憂，考慮繆里的建議周遊大陸，所以明白克里凡多的意思。

「我倒是很懷疑。召開大公會議，就等於教會把這場紛爭正式認定為足以左右教會歷史的大問題。而且大公會議真的就是會議，將給予世界各地的聖職人員正式發言的機會。音量會大到變得像百家爭鳴一樣，一發不可收拾。」

海蘭說得有條不紊，可見是經過反覆考量的結果。稍停片刻後，她再補一句：

「我不認為教宗敢打開這麼可怕的盒子。」

這是慎重為上的為政者觀點吧。

不將問題視為問題就沒有問題，是掌權者的慣用伎倆。

教會內部對這場紛爭的看法不可能統一，所以等同教會黑暗面的教宗等首腦階級，多半會認為召開大公會議是自掘墳墓。

這想法我也能理解。

「如果說兩位的想法還有什麼可以補充的話，那就是為什麼要邀請我這樣的人。我實在不懂。」

我只是小有名氣，連聖職人員都不是。

存續千年的教會，邀請我參加或將影響千年之遠的大公會議？有點難以想像。

而且我還顯然是教會的敵人。

「對於這點，我覺得可能是好事，也可能是壞事。」

克里凡多如此說道。

「妳是覺得這只會是壞事吧？」

經克里凡多一問，海蘭按著稍亂的金色瀏海點了頭。

「我想這一定是陷阱，就算這場大公會議是神的意旨也一樣。他們不必多費唇舌爭論，只要把你引出來，在路上埋伏就夠了。就算不埋伏，也能用口水把你淹死。想要功勳的，可不只是貴族而已。」

大主教們將為了爭功晉級，在辯論上刁難教會之敵黎明樞機，而不是為了是非。只要駁倒教會之敵搶下大功，就能扶搖直上。

沒繼承權而過了不少苦日子的海蘭，很清楚權力走廊就是這麼回事吧。

可是克里凡多對這樣的想法不予苟同，覺得太負面了。

繆里當然繃起了嘴，賭上自己的牙不讓那種事發生。

開口的是克里凡多。

「的確，這十分有可能是教宗他們的陷阱。但就算如此，這件事意義重大，我認為應該接受。」

統率眾多貴族子弟的克里凡多很慣於演說的樣子，徹底吸引聽眾的注意後繼續說：

「教會裡應該也有不少企盼改革的人。聽說教宗那邊想召開大公會議以後，這些人也會用盡智慧來獲得黎明樞機的協助吧？即使教宗那邊準備偷襲，要是有情報洩漏出來，我們就能做好準備。」

若是在不久之前，我還會覺得這是一廂情願。

但如今真的出現了這麼一個希望淨化教會內部，無懼於被人視為叛徒的人來到這裡。認為對方裡面也有同志，絕不是痴人說夢。

由此說來，放棄這個機會等於是捻碎教會自淨的幼苗。

然而這兩位王族各有道理，很難支持任何一方。

「到頭來，還是得先確認大公會議的真偽，不然都不用說了。」

魯．羅瓦大概是看雙方意見都說得差不多了，終於開口。

「我已經派急信請迦南閣下趕回來了。有了他的協助，我們應該能得到一些有力的情報。還可以幫我們看看地牢裡的可疑人物究竟是不是真的使者，或請教廷裡的同伴幫我們牽線。這畢竟是大公會議，不是說明天要辦就辦得成的。沒必要急著下結論。」

大公會議讓海蘭的表情好比威脅逼到眼前一樣。我也贊成魯．羅瓦的意見。

「大公會議也把我嚇了一跳，可是它在教會歷史上是將近百年才會有一次的事，所以……」

我邊說邊整理思緒，掃視海蘭、克里凡多、魯．羅瓦和繆里才說：

「現在王國團結一心，無論是攻是守，都不能停下我們的手和腳步。散布聖經譯本的計畫上，現在是有些問題，但仍在進展。我們沒必要太害怕大公會議，因為神一定站在我們這邊。」

除繆里以外，每個人都慢慢點了頭。

還是難以加入話題而不太甘心的她沒有用喉嚨吼叫，而是用肚子大聲抗議。

「妳喔……」

被我一怨，繆里就把頭甩一邊去。

這一幕讓海蘭放下緊張笑了笑，站起來說：

「好幾天沒見了，來吃點好吃的吧。」

見繆里對海蘭堆出滿面笑容，身旁的我不禁嘆息。

享受豪華午餐時，不停有鄰近的有力人士聽說王族在回宮路上來到這裡休息而來拜會。他們幾乎是村長或莊園管理人，有的還拜託他們仲裁土地糾紛。還有幾個遠離大城，孤立的小教堂人士戰戰兢兢地謁見。

而每次海蘭都端正坐姿，誠心應對。

「哎呀，真服了妳。」

克里凡多用削尖的小樹枝剔牙縫間的肉屑，有點不敢置信地看著海蘭。

「叔叔，你不工作啊？」

繆里現在啃的就是其中一位村長呈獻的蜂巢，裡頭全是蜜。聽她這麼說，克里凡多尷尬地笑。

「不小心綁走妳哥哥的事，能請妳息怒了嗎？」

已有些白髮的魯・羅瓦當然不介意繆里叫他叔叔，可是克里凡多仍有所排斥。

有地位的人常會刻意蓄鬍來營造威嚴，但克里凡多雖是王族，實際上還是跟繆里說的一樣，是個外表看似大人的搗蛋鬼吧。

「人家都把我當孤狼看。他們拜託的那些事，都會來到人面廣，善於交涉的人底下。來求助於我的，大多是無處可去的人。」

畢竟地位高並不等於民望高。

然而克里凡多的壞名聲，感覺大部分是來自旁人的誤解就是了。

「總之有好有壞啦。要是我坐上王位，王國恐怕連這個冬天都過不了。」

這比喻逗得繆里咯咯笑。

「不過我呢，就是因為跟這個認真但心裡灰暗的妹妹，還有不得不板起一張鐵面皮的大哥不一樣，所以能陪你們追那種荒唐事。」

克里凡多說完歪唇一笑時，午餐後出去透會兒氣的魯．羅瓦回來了。手上提著鹽漬豬油和酒，大概是跟當地人買的。不是因為午餐不夠吃，而是為了找點東西配荒唐話題。

「我在魯．羅瓦閣下的協助下，和大哥說了新大陸的事。找你們過來不只是為了大公會議，也是打算早點談這件事。」

繆里不只對甜食來者不拒，對鹽和油脂也十分熱愛，馬上就拿了一片鹽漬豬油。

「可是大哥哥，諾德斯通爺爺去找國王請願的時候，不是不被當一回事嗎？」

獨自追尋新大陸的孤僻老貴族諾德斯通，曾為航向新大陸請求王宮撥款建立船隊。

結果為何，與他同行的羊之化身伊蕾妮雅已透過伊弗告訴我們了。

「王儲認真聽過這荒唐事之後，大概是覺得不成體統吧，只好把他們趕走了。」

克里凡多喝口酒，舔舔指頭上的豬油。

「不過呢，大哥其實知道新大陸的意義。無論是在能夠吸引我們這些不滿分子的注意力上，還是解決教會問題上，他都給出相當正面的評價。」

「多虧於此，我在勞茲本打聽起來也輕鬆多了。」

用豬油潤過嘴以後，魯．羅瓦往我看來。

「然而結果並不樂觀，而且聽說過新大陸的奇人，也頂多是在古帝國時期的故事裡見過而已。」

「這樣一來，事情自然會往挖掘古帝國歷史的方向走。」

「大海另一邊說不定有個誰也沒見過的大陸這種事，已經近乎神話了。對教會來說，任何神話都是異教的故事，隨著帝國毀滅，他們也把這些故事全當成了異端。」

最後變成只會在喝酒時拿來閒扯的荒唐事。

會相信的，只有少部分怪人異客，或是能夠接觸古帝國知識的鍊金術師了。

「事情如寇爾先生所見，如果要追尋新大陸，只能到教會權力所不及的地區尋找古帝國的書籍了。也就是要到沙漠地區去。」

繆里像是把這當成尋寶冒險，聽得眼睛發亮，鼻孔噴氣。

「聽魯．羅瓦閣下這麼說之後，我覺得這樣也不錯。我這多得是願意出國冒險的人。」

在沒有戰爭的和平時代，劍術與騎術再好也開拓不了成功之道。

克里凡多王子底下就是擠滿了這樣的貴族子弟。而對於身邊直點頭的繆里，我只有嘆息。

「然後大公會議的事就突然從天上掉下來了。」

克里凡多說得像天降甘霖，雙手還向天高舉，而魯．羅瓦又接下去：

「沙漠地區還保留著古帝國的知識。這話題或許能讓我們非常心動，但這不是能差人去辦的事。必須讓有專門知識跟熱情的人親自走訪才行。」

「這位魯．羅瓦閣下和我們那些人本來還在談接下這重責大任，結果大公會議憑空冒出來，就先擱著了。」

這大公會議實在太過詭異，不是能置之不理，跑去沙漠地區尋寶的事。

「舍妹說得對，這大公會議有可能是希望王國內亂的貴族設下的詭計。因此，我這樣的人留在王國裡，對你們也有幫助。」

克里凡多對貴族間複雜的爭權奪利不屑一顧，似乎看不順眼就會舉劍殺過去。有這樣的人協助，不肖之徒也不容易瞞天過海。

克里凡多的粗獷印象並不是壞事，全看如何運用。

「假如會議是真的，我留在寇爾先生身邊也比較有幫助。」

魯．羅瓦是專賣貴重書籍的商人，顧客當然大多是有錢人。

除了大貴族外，其中想必不乏領地廣大的聖職人員。當我們陷入大公會議的風暴時，應該能替我們找個可靠的援手。

「當然，我說什麼都不會讓你到沙漠去。」

克里凡多看著我這邊說，實際上是在告誡繆里吧。冒險讓她興奮得膝蓋蹭來蹭去。說不定他真的很介意繆里叫他叔叔。

「放心。對我來說，直接到沙漠地區去也有點太急了。」

我將視線從瞪大眼睛的繆里移開，接著說：

「我現在想的是，既然內亂已經解決，那我們應該在這場抗爭中跨出新的一步，直接到大陸去。」

這時繆里憋到受不了，終於插嘴了。

「在大陸把事情都做完，然後到沙漠地區去不就好了！」

說得像這樣就有雙倍冒險一樣。

「繆里妳聽好，我們現在連沙漠地區究竟有多遠都不知道，更重要的是現況迷濛不清。別說去沙漠地區了，光是去大陸都要再三檢討才行。」

我用手推開繆里吼嚕嚕叫的臉。魯．羅瓦看得呵呵笑，回答：

「不用急。等迦南先生回來，狀況就會明朗很多吧。」

「他什麼時候回來！」

見繆里說得像要咬人一樣，魯．羅瓦更是捧腹大笑。接著像告訴她祕密咒語一樣把臉湊過去說：

「去沙漠地區是一件非同小可的事，事前要準備的東西可多著了，我們沒時間等那麼久。」

繆里立刻癟起了嘴，等他下一句話。魯．羅瓦會這麼善於應付小孩，或許是因為他也有顆赤子之心吧。

「不只是糧食、裝備和地圖，還要跟去過沙漠的人探聽旅途上的消息。最重要的是，要找一個能替我們翻譯沙漠地區語言的人。」

「這樣啊……也對。可是這全都能靠伊弗姊姊的人解決吧？」

毫不懷疑伊弗會願意協助，大概是因為她容易受人疼愛的少女特權。

「魯．羅瓦先生的意思，是需要看得懂沙漠地區專門書籍的人，或是能懂古帝國文字的人，是嗎？」

在眉頭大皺，擺明不曉得那是什麼意思的繆里面前，我向魯．羅瓦徵求同意。

「正是。畢竟我們要找的是古帝國時期的童話故事。」

這個人不只要有願意前往沙漠的勇氣，還要懂當地語言，甚至精通古帝國文字，且具有專門知識，找得出新大陸等相關軼事的書籍。這世上究竟會有幾個呢。

「當然，也是可以把必須技能拆開，個別請人負責這樣……」

「可是這樣隊伍會很大，而且話傳多了容易失真。」

魯．羅瓦對克里凡多點點頭。

「不過呢，說不定迦南先生會知道要上哪找這種人才。」

在教廷迷宮般的書庫裡，說不定正好有人具有這種特異知識。識字的人少，懂專門知識的更少。再加上需與新大陸相關就更有限了，更何況還要懂得沙漠地區的語言和古帝國文字。

「別擔心。所謂『你們祈求，就給你們』嘛，寇爾先生。」

是我的心思全寫在臉上了嗎。

魯．羅瓦引用聖經，使我抬頭苦笑。

「討厭！到底要怎樣才能去沙漠地區啊！」

幾乎撲到長桌上的繆里，叫得比平時還要大聲。

將繼承王位的大哥，與問題兒童次子的和解，似乎對王國的貴族社會造成不小的震撼。海蘭和克里凡多都還得趕路，待謁見者告一段落便下令啟程。

看來宅邸裡特別空蕩不是因鄉村特有的寬敞格局，而是準備隨時啟程的緣故。

「可愛的人兒呀，想到我倆又要暫時分別，心裡就像開了個洞似的。」

海蘭說著這般誇張的話擁抱繆里。那像是從宮廷詩人學來的台詞，繆里嗤嗤笑著背出來。手放開以後，海蘭的表情遺憾到極點，可見那段台詞裡的感情並不是演技好。而她像是知道繆繆不捨會連帶影響繆里的心情，斷然轉向我說：

「迦南閣下那邊，留在大教堂的克拉克閣下會替我們聯繫。船是伊弗商行在安排，應該不必擔心迦南閣下的安全。我也有請他只透過伊弗商行聯絡我了。」

「知道了。和迦南先生談過以後，我再通知您結果。」

「麻煩了。」

海蘭向前來報告準備好啟程的士兵應聲後，又看了過來，不知是不是有什麼忘了談。那雙耿直王族的藍眼睛，注視著我和繆里。

「那些求婚信，燒掉也沒關係喔。」

我不知道海蘭有多認真，視線倒是堅定得很。

往旁邊一看，繆里人小鬼大地挺高了胸膛。

「大哥哥的妒火很旺，可以燒得很乾淨喔。」

我是很想說自己哪裡嫉妒了，可是說了也沒用，於是作罷。

「這樣我就放心了。」

海蘭笑了笑，轉頭看看先動身的克里凡多一行，再看看我們。

「你的話給了我不少勇氣。沒錯，無論發生什麼事，我們都不能停下腳步。」

我對眼神真摯的海蘭頷首，她淺淺一笑，披上大衣示意啟程。上馬後，她的告別很簡單，只是輕輕揮手而已。

目送海蘭一行離去時，繆里拍拍我的手。

「……做什麼？」

「沒～事～」

她自己證明究竟是誰嫉妒誰之後，我也算出了口悶氣。

「我們也回去吧。現在還能在天黑以前回到修道院。」

「咦～！不是回城裡嗎？魯．羅瓦叔叔都回城了。」

「要進城，也得先知會夏瓏一聲才行吧？妳借的柴刀還沒還呢。」

繆里看看腰間，表情頗為無奈。

「我看這是她的圈套吧。逼我們不得不回修道院，這樣就能叫我們幫忙整理貨物了。」

「不會吧。」

苦笑歸苦笑，憑夏瓏的機智倒也不是不可能。

雖然繆里老愛說夏瓏的不是，但夏瓏總是勝她一籌。

「去沙漠地區還有很多東西要準備耶……」

繆里唸唸有詞地和我一起上馬。

「在工坊裡忙的強，應該至少知道教廷所在的南方國家怎麼走喔。」

狼耳忽然跳出來，大概是人一下子走光而鬆懈了。

「繆里，耳朵。」

我戳戳她腦袋，她就貓咪洗臉似的把耳朵撫平。一副屁股癢的樣子，是等不及想去沙漠地區了吧。

「新的旅行……新的旅行！」

「好好好。」

「不是無論如何都不能停下腳步嗎！」

繆里坐在我拉轡繩的手之間，卻好像隨時會跑掉一樣。

領頭的魯．羅瓦像是聽見了繆里的叫嚷，從背影都看得出在笑。

「沙漠地區啊……大哥哥大哥哥，我那個地圖裡有畫到嗎？」

「不太確定耶。」

「爹娘他們應該沒去過吧？」

「這個嘛，大概吧。」

「那那那這樣的話……」

回答著問不完的問題，在馬背上晃到太陽開始往草原彼端墜落時，我們來到通往勞茲本跟修道院的岔路上，與魯・羅瓦告別。

繆里似乎也問累了，心不在焉地玩弄馬鬃。忽然間，我覺得我和繆里好像很久沒獨處了。

不禁想起她上午說的，「如果大哥哥說什麼都要跟我單獨旅行」那些話。

「的確是挺不錯的。」

脫口而出的呢喃使她不解地回頭看。

背著西沉的夕陽，我們一步步往染成紫色的天空走去。

我們的大陸周遊之旅也是遠在天邊，而現在我先將這份不甘收在心裡，不打算說出來。

第二幕

到頭來，我們還是將沒有盡好責任的看門工作託給夏瓏，到勞茲本去了。為避人耳目，我沒有回海蘭借用的貴族宅邸，到伊弗的據點借宿。第二天，迦南的船到了。這位年輕的聖職者先暗中去見大教堂裡的怪客後，我們才碰頭。

「是真的。」

迦南緊張到發青的表情，可沒有這麼容易見到。

連繆里都被緊張吞噬，看看我和伊弗，等他下一句話。

「他手上的香爐有很多祕密圖紋，絕對是真正的密使不會錯。」

這句話表示，大公會議至少不是王國內賊的奸計。

教會裡似乎發生了巨大的變動。

「也就是說，教會要宣稱他是異端了嗎？」

在場的伊弗指著我說道。

「克拉克先生和亞基涅主教都是這麼想。不過我十分肯定，屆時教會裡會有我們這樣的人為他站出來，不然沒必要事先洩漏大公會議的事。」

迦南的想法與克里凡多雷同，興奮得臉色恢復紅潤。

「我想教宗那邊的樞機主教群，是見到王國在騎槍術比賽後團結起來，開始覺得苗頭不對，就把大公會議搬出來了。」

這可是近百年才可能召開一次，決定教會行動方針的大型會議。

上一次記錄是八十年前，討論屠殺異教徒是否違背教會的博愛精神，意義深遠。那不僅是將神的教誨與現實搓合，還成功統馭了眼見戰況日漸惡化，而提倡與敵人融合的消極派等扯後腿勢力。大公會議的決定阻絕了所有異議，使教會團結一致，扭轉了劣勢。

時至今日，教會再度面臨巨大的困境。

「但這其實是個好機會！」

迦南輕聲拍桌般將雙手按上長桌。

「這反而是個好機會。」

事實顯示，教會準備拔出大公會議這把傳家寶劍，以及教會裡頭有人向王國洩漏了這個消息。他們的腳步或許比我們想像中凌亂，並不團結。

可是，只有繆里被迦南的激情感染得鼻孔噴氣，不包括我。理由當然不只一個。

「我無法否定迦南先生的想法。」

我如此提詞後說道：

「但就算密使手上的香爐是真貨，他說的也不一定是真話。」

被我潑冷水的繆里毫不遮掩她的不滿，迦南倒是很冷靜。

「那當然。這部分，就交給我查明吧。」

迦南所任職的部門是一手掌管文書的地方，而文書就像是教廷的血液。

「另一點我無法同意的理由是……」

含糊之中，我告訴自己非說不可。

「我實在難以想像自己出現在大公會議上。」

名聲高不代表什麼，世間多得是這樣的人。在王國宮廷裡也有專司王族心靈生活的高階聖職人員。

再怎麼說，我也不過是短短幾個月前還在紐希拉深山的溫泉旅館裡，光是劈柴做蠟燭、照顧野丫頭就快忙不過來的平凡人。因為遭遇危機時腦筋轉得過來、運氣好或有繆里和旅途上認識的人協助，才碰巧闖出名氣。

一旦上了正式會議，考驗的就是實力。

而且實力並不是信仰的深淺。

與會者全是巨大教會組織的各地領袖，現實世界中的倖存者。

「哎喲，大哥哥你又來了……」

可是天不怕地不怕的繆里並不認為兄長的話是冷靜分析，而是當成單純的懦弱表現。但我仍相信，這都是正當的懸念。結果注視著我的迦南，表情比繆里還要不滿。

「寇爾先生，我也有句話要對您說。」

「咦？」

「這世上只有一個神，地上其他人都不過是人子。」

我還是聽不懂，只有伊弗搖肩而笑。

「您懂得謙遜，的確是種很好的特質，可是您現在未免把自己瞧得太低。所以我認為，您現在必須正確了解您自己的力量才行！」

「……」

我依然不懂他究竟想說什麼，不禁對繆里和伊弗投以求救的視線，然而兩頭狼都只是樂得在一旁等著看戲。

死心的我轉向迦南，只見神的忠實羔羊用不輸給狼的力量說道：

「寇爾先生，要不要和我來一段進修之旅？」

「……啊？」

「我在船上，替您在參加大公會議前該做些什麼準備想了很多，並做出一個結論。而這個結論，又在這裡得到了重大的依據。」

這位任職於信仰中心，甚至有神童之稱的少年，為成就大義，不惜計畫復活教會認為太過危險而封禁的技術，還有顆願意將這危險計畫帶來王國的犯難之心。

而且這位少年，還有過問我是否願意成為聖人的前科。

這樣的迦南，以好比繆里的表情說：

「既然您不相信自己的能力，去實地檢驗不就得了。不如就到各方顯學雲集的大學城試一試怎麼樣？和那裡的博士們辯論一番，了解自己的實力在哪，答案就出來了！」

迦南沉默不言就完全像是個未來的偉大聖職人員，但真正的他或許和繆里差不多。

「我可是有十成十的把握！寇爾先生您千錘百煉的理論之槍，一定能把那裡的博士全部掃平！讓他們歸降到您的麾下，一起向教廷進軍，戰勝大公會議！就算您一個人對抗不了無理取鬧的攻擊，只要有一整團神學家替您助陣，就算是在教宗精心安排的大公會議上，您也不會那麼容易被他們駁倒。數量在戰鬥上也是很重要的！」

從迦南高亢的遣詞用字，可以窺見這個看似文靜的少年其實也曾在騎槍術比賽上興奮不已。

伊弗事不關己地笑，繆里則是聽到戰鬥就開心。

只有我一個跟不上。

「大哥哥！聽到沒有，是戰鬥！」

他指的是論戰就是了。

我看看這些人中好奇心最旺盛的狼，只有拉長臉的份。

迦南不愧是懷藏危險計畫渡海而來的人，只要稍微掀開他純真的面皮，滿腔熱血立刻全噴了出來。

用一句我會考慮勉強帶過他的提議，用過晚餐之後，繆里和迦南便在這間原為倉庫的屋子一樓攤開世界地圖，和伊弗的部下一起熱切討論黎明樞機應該為大公會議做些什麼訓練，找些什麼夥伴。

我實在無法奉陪，又見到魯・羅瓦辦完事回來，便想從他那聽些中肯的意見，結果這書商也拍手贊成他們。

「真是個好主意。」

「魯・羅瓦先生！」

書商好聲好氣地安撫強烈抗議的我。

「寇爾先生您別急，迦南閣下不是會輕率提議的人，也不會拿您尋開心。事實上，這的確是合情合理的建議。」

我將「哪裡合理」的辯駁硬吞回去，等魯・羅瓦繼續說。

「聖經譯本的品質不只我很滿意，留在王國裡的神學家也都會願意替您掛保證吧。您的能力並沒有您自以為的那麼低。」

一聽人誇我，我就想反駁，但這次總算是嚥下去了。

「假如您信不過我們的評價，那就該聽聽各地顯學怎麼說。所謂知己知彼，百戰不殆。人切忌自大，但過度看低自己也同樣有害。只要您正確認識到自己的能力是何種程度，就能完成更多原以為做不到的事。錯判自己的能力，也容易錯失難得的機運。」

「……」

大概是臉上寫滿了我有話想說，魯．羅瓦笑得大肚腩都晃起來，他用一副讓我想起小時候和他一起旅行的表情說：

「那先不說這些困難的了。至少和那些博士切磋切磋，也會是一場極佳的學習機會吧？」

以學習機會來說，的確是這樣沒錯。要擠出喉嚨的反駁又退了回去。

「而且說到這大學城，讓我想到了一件事，可以驅散這幾天以來的迷霧。」

仍半信半疑的我用眼神請他說下去。

「新大陸的事啦。要追溯古帝國的知識，憑我們的能力還不夠，而大學城即是學識巨擘雲集的地方。」

點頭表示認同後，魯．羅瓦也跟著點頭。

「然後呢，是關於印刷聖經所需的紙。」

「紙……跟他們買嗎？」

「正是。我在港邊寄信問過我的門路了，每個地方的庫存都不太妙。可是大學城乃學問之都，而作學問總是少不了紙。」

「……您是說大學城會有足夠的紙？」

「沒有別的都市像那裡一樣有那麼多書商了，路線和我不太一樣就是。謄寫匠多到隨便扔個石頭都會砸中，會讀書寫字的人更多，這樣的城市就只有大學城了。」

「這……是沒錯。」

「大學城又正好是在大陸上，可以滿足那個活潑小姑娘的冒險心。」

魯．羅瓦口中這位活潑小姑娘繆里呢，現在應該就像看見骨頭的狗一樣，在樓下盯著地圖看。拒絕迦南的提議，等於是想撲滅繆里的冒險心。

恐怕會伴隨麻煩至極的困難。

「而且我記得您——」

魯．羅瓦的話將我的意識從樓下作夢的少年少女身上拉回來。

「曾經在大學城雅肯修過神學不是嗎？」

表情緊繃，不是因為門打開的風吹晃了燭火。

我往拿著酒進門來的伊弗瞥一眼，嘆息道：

「老實說……我會那麼排斥迦南先生的建議，一部分是因為過去的際遇。」

「喔？」

魯・羅瓦接過伊弗的酒，向我推推酒杯並啜飲一口。

我也難得喝口酒。要將孩提時的艱苦回憶沖下喉嚨，需要點東西鎮痛。

當時我為了學習教會法，的確是離鄉背井來到了大學城。

可是——

「那個稱作大學城的地方，根本不是人家口中知識與信仰的湧泉……這樣說好像有點過分了，不過您也知道風評這東西大多是經過美化吧。」

這位能將禁書當普通書來賣的書商，用商人的平板面孔看著我。

「這我是不否認。」

「我想，迦南先生並不曉得實情。」

和那些知名神學博士互相議論，精進彼此學識，以加強身為黎明樞機的自覺。再與這些培養出友誼的神學家，一起出席教宗為陷害黎明樞機而設的大公會議——迦南所想的劇本多半就是如此，而我怎麼也無法接受。

問題不是敢不敢和那些博士辯論，而是那個地方沒有那麼詩情畫意。

那裡不光只是聰明的顯學而已。

「可是以買紙來說，那裡倒是不錯，也正適合尋找了解沙漠地區與古代帝國知識的人。那麼，我可以當您願意接受迦南先生的一半提議嗎？」

「……」

見我表情糾結，魯．羅瓦又笑了。

「嗯哼哼哼，我知道那裡有很多您難以接受的人。可是大學城呢，也多得是善於臨機應變，懂得行走江湖，為學問冒險犯難的人。假如真的要開大公會議，拉攏這些對於權力和政治特別敏感又能言善道的人，其實也不壞。」

不是為了追求真相，而是基於如此實際的理由和他們往來。

這麼說來，我最近也剛學到毀譽兩極的克里凡多王子，在那種場面上是個非常可靠的幫手。

那麼以大學城為根據地，不屬於任何勢力的智者們，或許——

「而且，我也覺得這趟旅行提得正是時候。無論是對抗教會，還是要追查新大陸的線索，留在王國裡恐怕是很難再有進展了。」

想看新的景致，就得走新的路。

好像哪個詩人唱過這樣的歌。

這正好是繆里會喜歡的真理。

一直安靜聽到現在的伊弗，帶著衣物摩擦聲說話了。

「要是你會怕壞人，要不要帶我當保鏢啊？」

燭光下，伊弗的臉彷彿會在背後映出狼形影子。她是在教會百年一度的大公會議上看見商機了吧。

「……『狼送行，假好心』這句話，我可是聽過的喔。」

伊弗嗤嗤笑起來，喝了口酒。

再說要防壞人嘛，我身邊已經有一隻可靠的狼了。

「總之，反正船到橋頭自然直，沒必要擔心那麼多。能做多少算多少，說不定還能挖到意想不到的寶藏。」

伊弗拿出跨海商人的氣度說。

「願神照看黎明樞機的前路。」

伊弗和魯・羅瓦共舉啤酒杯，擱下當事人自己乾杯。

我長嘆一聲，鬧脾氣似的自己也喝口酒站起來。

「我先問問海蘭殿下對這件事的看法。」

魯・羅瓦和伊弗都露出「結論很明顯了，請隨意」的成熟笑容。

我渾身無力地走過陰暗的走廊，要下樓往借宿的房間去，正好遇到上樓的繆里。

「大哥哥！」

應該不是湊巧，她是聽見腳步聲而特地上來的吧。會這麼想，是因為指頭和臉上都有墨痕的她，對我攤開了還沒乾透的手繪地圖。

「你看你看，要先去哪裡？」

地圖是跟迦南和伊弗的部下問來的吧，記載了大陸幾個大學城的位置和名稱。這裡沒人，她狼耳狼尾都露了出來，尾巴還搖得像發現藏寶圖一樣。

「迦南小弟說這個叫雅肯的地方最近，也是特別出名的大學城，應該最適合喔！」

我沒回答手拿地圖說個沒完的繆里，自個兒開了房間門，將滿腦子冒險的少女推進房裡。

繆里的興奮全成了體溫，熱得可以。可這裡不是客房，是伊弗放存貨的房間，只夠我們兩個人躺，表示我騰不出空間躲她。

我將燭台擺在高堆的木箱上，伸長手推開木窗讓戶外空氣流進來，稍微喘息。

「喂，你有在聽嗎！」

我找個小空隙坐下來，繆里也在膝蓋幾乎要互頂的位置坐下，一副準備罵人的口氣。

「沒有。已經很晚了，我要睡覺。」

滅了燭火，藉透入窗隙的薄薄月光攤開被子。一張鋪地板，一張蓋在腳上。

繆里的嘴雖用力繃成一條線，但也脫了鞋子，把腳塞進同一張被子裡。

在我準備躺下時，她用視線釘住了我。

「……做什麼？」

先是周遊大陸、到沙漠地區冒險，然後還有大學城，新的旅行選項一個個降臨在繆里面前。

原以為她是心裡躍動得睡不著，表情卻不太對勁。

接著她發出像是乾咳的嘆息，腳抽出被子坐直說：

「大哥哥，面向我。」

「已經面向妳啦。」

「正一點。」

「……」

氣氛不像是平時耍任性，我只好把身體也面對她。

「我從迦南小弟那聽了很多。」

憑攤在手邊箱子上等墨乾的地圖，大致想像得來。

可是繆里想說的不像是這件事。

「他說你的翻譯真的很厲害。」

繆里承自母親的紅眼睛，在陰暗的房間裡格外明亮。

「他說你的事說得好投入。如果他是女生，我已經一腳踹在他屁股上了。」

她以前好像也說過這種話，而海蘭也說迦南在我面前特別收斂之類的。

「他說大哥哥不管攻進地圖上哪一個大學城都會贏，說到臉頰都發紅了呢。」

可以想像迦南和繆里肩並著肩，在地圖上寫下各個大學城位置與名稱，把我說得像戰記人物的樣子。

「不過我倒是覺得他有點誇過頭了。」

是地盤意識讓她不滿地聳起肩膀吧。

繆里忽然移開視線，閉上嘴不說話，仔細想過該怎麼說之後轉回來。眼神認真到我不禁收起下巴。

「大哥哥，你要記得，希望你有帥氣表現的心情，是我比較強喔。」

「……」

這個動不動就嫌我蠢的嚴格妹妹，說不定是被迦南激起競爭意識了。

可是繆里在些許月光下也明顯可見的紅臉頰，立刻讓我愧於這樣的想法。

或許她的嚴格，是反映了她的期待。

「妳真的是喔……」

平時要她像個女孩，總要人煞費苦心，偏偏在這種時候比誰都更女孩子氣。

還以為她把每個大學城標上地圖，是為了去未知的土地、城鎮冒險。

可是要記得，繆里天天都在寫的理想騎士故事裡，騎士再強也不會單獨旅行。她身邊總會有個有點少根筋，但絕對不會背對敵人的勇敢聖職人員。

「我以前也是個男孩子啊。」

我伸指在繆里臉頰上按一下，小鳥飛走般收回。

「並不是完全沒有自信。」

與各地顯學對等議論，增長彼此知識的情境，其實不知想像過多少次。

「在紐希拉，經常有學識淵博的人來泡溫泉。每次他們誇我，我也不會自卑到把那些全當作客套話。」

繆里依然用責怪的眼神看著我。

像在說薄紗底下藏了小老鼠一樣。

「不過我對大學城……或者說會在那裡揚名的人，有一種發自心靈深處，沒道理的排斥。」

我拿起被子，攤平後蓋在腿上。

往繆里拉起一端，她不情不願地把腳伸進來。

「大學城是個充滿野心，非常危險的地方。我小時候就在那裡遇過很不好的事，所以討厭那裡。就像被熱窯燙過的狗再也不會接近那裡一樣。」

繆里盯著我看了一會兒，別開眼睛聳聳肩。

「狗或許是這樣啦，不過你是學不乖的羊吧？」

毛茸茸的尾巴啪啪啪地拍著我的腳。

「而且我也是咬住就不會鬆口的狼啊。」

繆里是用她的方式在鼓勵我吧。

因為——

「妳是個騎士嘛。」

騎士絕不會遺忘自己的使命。

這職業與執著的狼是天生一對，沒有更可靠的了。

而這頭銀狼，正為走向新道路而注視著我。

該怎麼做，已是明擺著的了。

「不能停下腳步這個金玉良言，就是我自己說的呢。」

與教會的抗爭，顯然已來到一大關頭。

假如大公會議為真，會後不是和解就是開戰。

畢竟教會本身都認為自己是站在百年一度的重大歧路上了。

「所以，我們要往大學城展開新旅程了？」

繆里將被子拉到大腿上，滿懷期待的眼抬望過來。

不再是可靠的銀狼，變成充滿好奇心的幼狼，但兩者都是她的本質。

「先睡吧。儲備好體力，才能走更遠的路。」

這就是我的回答。

拉起被子躺下後，開心的繆里也深怕落後地跟著躺好，忽然視線轉向倚在牆上的劍。

並慢慢伸手過去，將前後翻轉過來。

「怎麼了？」

「沒什麼。」

繆里說完便緊緊抱上了我。大概是等不及新旅程，尾巴搖得好不匆忙。把劍鞘有徽記這邊翻過去，是不想讓騎士徽章裡的狼看見她忍不住像孩子般撒嬌吧。

旅途另一端，顯然有些沉重的事在等待我們。

不過睡著得特別迅速的原因，也同樣明顯。

我將迦南對突然現身於大教堂的密使有何見解，與此後規劃寫進信裡，聯名寄給海蘭。隨後迦南又跳上了船，準備詳細調查大公會議。

道別時，他只說：「決定去哪座大學城之後，請把聯絡方式告訴我。」他看起來斯斯文文，拗起來倒也和繆里差不多。

迦南離開後幾天，海蘭以驚人速度回了信，其中有這麼一句話——

——需要多少護衛隨行？

宮廷裡不像有陰謀在醞釀，而無論大公會議如何，到大學城都能滿足我們多項所需。其實無論有沒有這場會議，我們都有可能在大學城發現幾個問題的解決辦法。

若說還有哪裡放心不下，就是交給強的聖經譯本校閱狀況了。聽說夏瓏從克拉克得知這件事後沉思片刻，把整疊譯本都塞給了克拉克。

克拉克的學識是值得信賴，而他也不打算獨攬，會請大主教亞基涅一起校閱，我也沒什麼好說的了。

結果就是旅行的準備工作步步推進，在迦南啟程一週後，我們也離開溫菲爾王國，在對岸大陸的港都下了船。

「嗯～！旅行嘍～！」

繆里一下船就向天高舉雙手大叫。

漁夫的船隊也在這時進港，港邊一下子充斥著滿天海鳥和買魚商人的喧囂，繆里也不過是這熱鬧景象的一小部分罷了。

天氣不太好，船搖得我有點暈。將酸液推回喉嚨底後，重重地吸一口氣。

「哎喲，大哥哥！你到底要拖到什麼時候！」

「我不是在拖，是暈船──」

「啊，大哥哥你看！那邊有旅行劇團在演戲耶！哇，那是不是在試劍啊？」

「喂，等一下！繆里……唔……」

袖子被她一扯，推回喉嚨裡的東西也好像快被扯出來。

「你們兩個，不要走散喔！」

為我們嚮導的魯・羅瓦在人群另一邊揮手。

我只好強忍嘔意揹好行囊，揪住為熱鬧城鎮亢奮不已的繆里後頸，追上魯・羅瓦。

廣大的大陸有好幾處知名的大學城。

有的是好學國王給予特權而發展起來，有的原先是遊學人士為遠離俗世權謀而建立的聚落。

雖然成立過程與位置各有不同，稱作大學城的地方都會有幾個共通之處。

其一就是識字人口非常多，這是在其他城鎮看不到的。

其二是由於吸引了世界各地的求學者，對旅人非常地寬容。

而最後，即是我排斥的根源。

「野心是吧？跟冒險心不一樣嗎？」

在前往雅肯的路上，我一點一點地跟繆里說大學城的事，而她最感興趣的便是野心二字。

來自勞茲本的我們來到對岸的大陸港都後，要跟貨物一起轉搭另一艘船再往南航行。陸路恐怕是十分勞頓，坐船就只是一下子的事。第四天，我們已經在甲板上眺望以劃分南北地界聞名的山脈。繆里還為這裡冬天也不會下雪大吃一驚。

我們就這麼跳港靠岸，到了第七、八天才終於騎上馬背，沿河川邁向內陸。沒多久，河接上了大幅轉向南方的人工運河，我們在此轉搭河舟。

我們的旅程，似乎與溫菲爾王國出口羊毛的路線一模一樣，河舟上有好多個繡上伊弗商標，已經捆好的羊毛袋。

不知道伊弗是不是覺得請信得過的人同行，就有免費人力替她顧貨，至少這些羊毛讓我們有免費貨船能搭。而且不缺枕頭床鋪，繆里樂得很。

現在她即是背靠塞滿羊毛的袋子嚼著木莓，問我已經沒多少路程的大學城的事。魯．羅瓦則是在前面另一艘船上，同樣把他碩大的身軀塞在貨物縫隙裡。

「沒錯，就是野心。我跟妳說過很多次我是怎麼遇到妳爹娘了吧。」

「嗯。爹跟娘像這樣坐船順流而下，看到你在路邊哭就帶你一起走了。」

說得像收留迷路的孩子一樣，但也沒什麼不同。

「我會在河邊哭，就是因為我不懂大學城的野心，所以在雅肯被騙得很慘。」

「……」

繆里盯著我看的同時，不斷把手裡的木莓往嘴裡扔。

「我可以咬欺負你的人嗎？」

的確是紐希拉孩子王會說的話。

「妳的好意我心領了。再說當年那些人應該都不在了吧。」

「咦……？」

抓木莓的手戛然而止。在人口很少變化的小村長大的人聽了這種話，大多是這種反應。

「是……生病了嗎？」

在這個大多數人只會在出生村落過一輩子的世界上，旅人是少數中的少數。繆里看似粗魯，對灰暗話題其實很敏感。我摸摸她的頭說：

「大學城這種地方的人流動很快的，就像這條河一樣。」

繆里歪起了頭。

「川流往而不絕，卻不復原水。」

這是古代哲人留下的詩句。

繆里雖然是沒聽懂的樣子，但至少知道不是她想的那種灰暗話題，用沾上木莓汁而發黏的指頭劃著水面說：

「紐希拉也有很多旅人來來去去呀。」

「可是每年來的客人都是那些人，溫泉旅館的人和村裡工作的人，也幾乎沒在變動吧？」

就連樂手這些流浪的代名詞，也像候鳥一樣每年規律往返紐希拉。

「大學城的人口流動是真的很快，就像急流匯聚的地方一樣。」

推開記憶之門，腦海立刻浮現暴風雨之夜般閃電瞬時照亮的景象。

「會到那裡去的，不是野心勃勃，自認可以駕馭急流，以新天地為目標的人，就是──」

往繆里一看，只見她不懷好意地瞇起眼睛。

「什麼都不知道的呆頭鵝嗎？」

「對，當時我真的什麼都不懂。其實光是能好手好腳走到雅肯，就已經很神奇了。我是連到底有多遠，該怎麼走都不知道就出發了呢。」

繆里束起木莓袋，坐直起來說：

「大哥哥你出生的村子跟紐希拉一樣在深山裡面嘛？」

「對呀。為了拯救窮困潦倒的村子，我手裡抓著幾枚發黑的銀幣，連不知道怎麼用就下山了。」

「比我還不懂得瞻前顧後嘛。」

這聽在總是按住繆里腦袋，叫她別吵著下山旅行的我耳裡，實在很慚愧。

「多虧上帝保佑，和路上善心人士接濟，我總算是平安抵達。但等待我的，並不是靜謐的學問之都，根本相反。」

往繆里看，是因為這個為旅行而穿得像商行小伙計，腰間還配了長劍的野丫頭，更適合那樣的都市。

「是一個喧囂和暴力都被野心燒到沸騰的地方。」

繆里眨眨紅眼睛，不解地歪起腦袋。

「是喔？可是聽迦南小弟說，那裡有很多像你一樣喜歡看書，愛想複雜事情的人耶。」

「魯．羅瓦先生也符合這個條件喔。」

野丫頭細細的脖子咻一下伸直。

「而且那個城市……對，實在很年輕。」

「……年輕？」

「路上行人大半是十幾二十歲，還大多來自富裕家庭。他們都是想躲避囉唆家教和父母，又跟家裡拿很多錢的人。」

繆里的視線往遠處飄，多半是在想少了囉唆的哥哥和怎麼也不敢違逆的狼母監視是什麼感覺。

心裡大概是熱鬧祭典的景象吧，可是我所想像的，卻是惡質青少年們從沒人管教的解放感中獲得自信，大肆狂歡而已。

「出身地相近的人會結為朋黨，晚上在酒館鬧不夠還鬧到街上去，看到不順眼的就丟石頭叫罵打群架，還天天這樣吵。」

繆里聽得目瞪口呆，傻笑般吊起的嘴角沒逃過我的眼睛。

「那可不是妳想像中的那種村裡小孩騎馬打仗喔，陰險歹毒得多了。」

我長嘆一聲，望向河面另一頭。

「至於在大學城執教的博士，就是專門教那群野狗學問的人。該怎麼說呢……對了。」

再看看掌心，用力握起。

「他們是學界裡身經百戰的傭兵。」

才覺得口頭敘述難以表達那種氛圍，繆里已經像是從我的神情感受到那是非比尋常的地方。

迦南固然是聰明絕頂，但畢竟是來自教宗輩出的聖職家族，不必刻意在龍蛇混雜的大學城念書，把那當成真心向學之人的聚集地也不足為奇。即使聽說了大學城的負面傳聞，也只會以為那是年輕人稍微玩過火而已。

明白大學城實情的魯．羅瓦，就沒有明確否定我的懸念。

魯．羅瓦可是繆里全力騷擾也絲毫不為所動的人。

「我之所以不敢同意迦南先生的想法，不是因為之前那種……妳說的那種缺乏自信。純粹是想到跟那群野狗和狗王打交道，心裡就累而已。」

那些都是一代致富，什麼都想用錢解決的大商人之子，以及生活荒誕到父母看不下去，踢過來請學校代為管教的放蕩子。

只有一小撮人是家境貧寒，基於迫切理由而來求學。

而教授們則是以知識和理論為武裝，希望一舉在學界中占有一席之地。

某個知名聖人曾言，假如魔女鍋真的存在，看起來肯定跟大學城沒兩樣。

至於教會的大公會議，八成就是那些高人之中特別面面俱到而出人頭地的人所聚集的地方，我覺得自己恐怕不是他們的對手。

畢竟我是只看見世界一半的一半，不切實際的蠢羊。

「可是基於幾個現實的理由，我非到大學城去不可，所以還是會去。」

恐將在大學城中發生的事，使我說完後吐出疲憊的嘆息。不只是到了那裡會喚醒我兒時的痛苦回憶，另外是擔心這個不因我的話退縮，反而興致勃勃的野丫頭。

因為繆里顯然很適合那樣的地方。

從離開勞茲本開始，新旅程就讓她一直興奮不已。到了那個熱鬧到近乎暴力的雅肯，肯定是不管說什麼都聽不進去。

繆里這個無法忽視的問題占了我半個腦袋，使我整段旅途都是眉頭深鎖。我有義務見證繆里成為端莊淑女的那一天啊。

如今雅肯只剩下一小段路了。

若想拴住繆里，我得要點手段才行。

「我會下這樣的決定，一部分是因為涉入王國與教會之爭的使命感。假如大公會議是真的，也真的要邀請我，我也必須追隨信念，出席這場會議才行。」

繆里的樣子像是在奇怪我怎麼突然說這個，但她紅色的大眼睛仍乖乖等待我下一句話。

「為了王國——不，為了世間的正義，我必須諫阻教會的蠻行。為此，迦南先生建議與其一個人說破嘴，不如多帶點同伴上場，的確是很正確的戰略。」

愛聽戰爭故事的繆里嗯嗯點頭。

「在追尋新大陸這點上，認為大學城應該找得到了解古帝國或沙漠地區的人也很正確。」

這種話，繆里當然已經聽魯．羅瓦說過很多次了。

「而且又說不定能找到印刷聖經用的紙，可說是滿滿都是該去的理由。但是，因舊事裹足不前的我如今踏出這一步，無疑是因為妳。」

「我？」

繆里愣了一下，我接著說：

「大學城裡多得是野狗和狗王。我小時候被害得很慘，老實說還是會怕。可是我現在身邊有妳這隻狼，還怕什麼野狗呢，是不是？」

其實之前海蘭問我需不需要護衛，遭到了繆里的堅決反對。我覺得有護衛在反而會讓繆里難以使用狼的力量，也就順著她了。而繆里則是憑著騎士的矜持，強調有她保護就夠。最後魯．羅瓦也幫忙說話，海蘭才總算罷休。所以這樣的話，對繆里特別有效。

繆里的大衣底下，狼耳狼尾當場就蹦出來了。

我也看準這一刻說道：

「拜託了，不要離開我身邊喔。」

這句話在野丫頭心裡應該立刻變成了另一個意思。

不要離開我身邊。不是妳不要走丟，而是保護可憐的哥哥。

平常總是氣我把她當小孩看，現在被我當面一求，眼睛亮得都快掉眼淚了。

「包在我身上！」

「好，拜託妳了。」

見到繆里春風得意，耳朵尾巴在大衣下擺來擺去的樣子，感覺計畫是順利成功了。如果怕她被罪惡氾濫的大學城吞沒染黑，不應該強行壓住她，只要老實請她留在身邊就行了。

好像有聽過這種寓言，總之這番話已經點燃了她的鬥志。

「保護弱小可是騎士的義務呢！」

看她投入成這樣，我心裡開始湧出些許不安，但總比用繩子拴住彼此好多了。

我為使命感熊熊燃燒的繆里面帶些許苦笑，最後在耳邊補上一句。

「護衛的鐵則是保持低調，所以要壓低聲音，耳朵尾巴都要收好喔。」

「！」

繆里立刻照辦，收起表情。

但臉上卻像油滲開一樣散出傻呼呼的笑。

唏噓之餘，我也為暫時少了個煩惱鬆口氣。

我不太記得小時候是怎麼來到雅肯的了。

基本上不是好心船夫或車隊送我一程，就是咬著牙一步一步往南走，逢人就問大學城怎麼走，瞎找一通。

到了大學城首先讓我吃驚的，是我這樣胡來的少年還真不少。當時經常聽聖職人員說，因戰亂、貧困與疾病而無家可歸的人到處都是，其中比較聰明的不只是接受當地教會布施，還會習字念書，做好前往大學城的準備。

然而我們這種人身無分文，又沒有管道可用，人家更不會免費教書。挨餓受凍時，忽然出現一位親切的大哥哥，提供食物、床鋪和生存所需的知識，甚至教你讀書，我們當然是感激不盡。然而有一天，他會給你一份奇怪的工作。

要我們穿上破衣，手腳綁上木條，臉上抹點泥巴，挨家挨戶敲門之類的。說穿了就是裝可憐騙取善款，而從這天開始，原本和善的大哥哥會變成對我們拳打腳踢的惡魔，拿走一整天下來的善款，只留下微薄佣金和一小塊麵包。

走投無路的少年，都是像這樣成為詐騙集團的奴隸。

所謂的流浪學生，其實是個自相矛盾的詞。

不僅代表夢想出人頭地而勉學的人，也代表披著學生的皮流浪諸國，在所到之處幹些三流詐欺的小流氓。

「……啊啊，我還記得這個氣氛。」

從離開溫菲爾王國開始算，這段約為一週的行程。以地圖來說，是從我遇見繆里父母的帕斯羅村長途南下。又海又河地一連坐了那麼多天的船，陸地卻仍舊連綿不絕，讓繆里感慨起世界之大。

經過長途跋涉，我們總算抵達雅肯。一般城市在進城時，衛兵會問你有沒有攜帶昂貴物品，看你是不是通緝犯，在這裡則是問你會不會讀書寫字。

由於城裡滿是自稱學生的人，這樣可以多少過濾一些閒雜人等，而這也使得流浪學生的種子，和不懷好心眼，等著用甜言蜜語拐騙手下的少年都被隔絕在城牆外。

見到那些稚氣未脫的少年，把那些帶著親切表情上前問候的賊當救世主看，我就好想把他們全都帶走。

「寇爾先生。」

魯・羅瓦用十分罕見的穩重語氣將我喚回來。

「只要您有心，遲早能蓋出一所修道院來庇護這些迷途的羔羊。而現在，我們得先做好準備。」

我再行也救不了世上所有不幸的人。

於是我將擔憂其未來的視線從那些少年身上抽離，穿過城牆踏入大學城雅肯。

「……味道好重喔……」

平時繆里一見到熱鬧城鎮就又叫又跳，現在卻捏住鼻子揪著臉。

「味道？」

我和魯・羅瓦也聞了聞，除了熱鬧城鎮特有的塵土味、攤販的烤肉味，和路上家畜和馬匹的糞便味以外，沒什麼特別的。

我是覺得和勞茲本沒兩樣，魯・羅瓦卻注意到了差異。

「啊，會不會是男人的氣味？」

「呼咦？」

「大學城的男人比例，比其他地方都還要多。以前我帶女子修道院的修女來買教學書籍的時候，她們也有一樣的反應。其實我進女子修道院時，也覺得女人味很重。」

繆里愣了一下，看看魯．羅瓦和路上行人，最後再看看我，把臉湊了過來。

「……大哥哥就挺好聞的。」

「唔呵呵呵。」

魯．羅瓦不知在笑些什麼，我努力保持冷靜推開繆里。

「好了，先去找地方住吧。盡可能找個安靜又安全的地方。」

「我知道一個適合書商的好住處。那裡的人，會聊世上最長的單字是什麼來下酒呢。」

魯．羅瓦對一臉不敢恭維的繆里堆起滿面微笑。

就這樣，我們以書商學徒的身分在魯．羅瓦所知的旅舍下榻。我們的讀寫能力和對書的知識都很充足，沒那麼容易戳破。

各自放好行李，用冰涼的井水把腳洗乾淨以後，我們回到還很清靜的旅舍一樓酒館集合。

「我們現在該做的，就是在迦南閣下過來之前，把我們的事情處理好。」

當務之急是找到充足的紙，再來是新大陸那方面。

與神學家的騎槍術比賽，等迦南來再說。

「買紙的部分我來負責。我跟幾間紙坊都有點關係。」

「那我跟大哥哥去找關於新大陸或沙漠地區的書？這邊也有勞茲本那種大書庫嗎？」

「沒有，到處逛書店比較好。」

「擺在店裡賣嗎？」

繆里表情像是怕找到了書卻買不起，而魯．羅瓦說：

「每間書店都有堆積如山的二手文法課本，老闆自己都不一定知道裡頭寫了些什麼，說不定可以挖到寶喔。」

可以想見，那會是一場與黴味和灰塵的戰鬥，繆里鼻子都癢起來了。

「不過呢，有賣書的店滿街都是。在這座城跟一般雜貨沒兩樣，哪裡都看得到，所以打聽起來也是件苦差事。紙買好以後，我也會幫忙找書……就這樣吧，兩位先從西邊逛起怎麼樣？」

「好的。」

「會說沙漠地區語言的人要怎麼找？」

「直接到城裡的教授公會去吧。在這裡開班授課得先經過公會准許，應該有名簿才對。」

沒聽過的公會使繆里頗感興趣地點頭。

而這個聰明的少女忽然抬頭看我。

「奇怪？既然這樣，不是應該先去公會再去逛書店嗎？」

我和魯・羅瓦也一起看過去，賢狼之女滴溜溜地轉動紅眼睛問：

「如果城裡有人很了解沙漠的事，那他應該會知道需要的書該去哪裡找吧？」

買麵包就該找麵包店，買肉找就該肉舖。

話是這麼說沒錯，不過這裡比較複雜，不能一概而論。

「還記得我說這座城是一大群野狗嗎？」

小狼女一聽，立刻收起下巴，警戒地抬眼。

魯・羅瓦替我接下去說：

「如果公會裡的博士都是兩袖清風，就不會怎麼樣；但若是善於投機取巧之人，事情就會有點麻煩。」

「……」

高明旅行商人與賢狼的獨生女思索一番，不久就找到答案。

「他會先自己買下來，再抬價賣給我們？」

「沒錯。書這種東西錯過就沒了，在這裡幹這種事的人多得是呢。」

繆里眨了眨眼睛，往我看來。

她向來都以為愛看書又好學的怪人，都跟哥哥一樣又傻又憨直吧。

這才終於感受到，這座城裡的人比較偏魯・羅瓦或伊弗那種。

「所以說，公會要最後再去。」

「唉……」這聲表示理解的嘆息，大概是想像到哥哥以前在這裡吃過怎樣的虧吧。

「那我們在書店是不是裝傻比較好？」

「還要裝作沒什麼錢的樣子。」

繆里聽得嗤嗤笑，看著我說：

「大哥哥看到書，眼睛應該會比我還亮吧。搞不好分開走比較好喔。」

我是難以反駁，但這也能這麼說：

「人家說不定會以為我在肖想高嶺之花呢。」

「高嶺之花……」

見繆里喃喃覆誦起來，我便在某人遺留的蠟板上替她寫出來。不愧是書商聚集的旅舍。

繆里看了一會兒這個詞彙，抬起頭來。

「那我們就去摘花！」（註：摘花有上廁所之意）

繆里說得很開心，我卻得苦勸她女孩子不能大聲說這種話。

這城市，有很多人是隻身來自聽都沒聽過的土地。

少年們大白天就窩在酒館打牌的景象並不罕見。

然而在商行屋簷下只鋪了乾草的簡陋之處，卻能見到滿腮白鬚的博士，對一群專心聽講的青少年講述邏輯，說得深褐色的袍子振振有聲。

雅肯就是這麼一個混雜與頹廢隨處可見，卻又確實充滿了熱切求知慾的地方。無論什麼人走在街上都不顯突兀，而這點正好能形容我們。

在到處找書店的過程中，我就見到好幾個年紀與繆里相仿就佩把劍在腰間的少年。有的顯然是貴族子弟，有的一身邋遢，不曉得要拿劍來做什麼。

如此與過往城鎮截然不同的氣氛，讓繆里興奮得鼻子噴氣——原以為會是這樣，她倒是安靜得很。我不禁猜想是路上的手段奏效了，後來在書店翻知名文法參考書抄本時才明白原因。

「大哥哥，小心錢包喔。」

原來是扒手和強盜多到她無心玩鬧。

「這個野狗群還真是說得一點都沒錯。每個街區的交界，地盤都劃得很清楚。」

我是看不太出來，而繆里似乎光是看站在路口四角的少年，和坐在路邊摸著野狗頭發呆的少年就知道了。

但在這繆里警戒得連一根串烤都不討的情況下，在勞茲本十分排斥到雅肯來的我，反倒逛得挺開心。畢竟一整排的店家門口，都隨意堆放著一疊疊文法學課本或修辭學參考書的抄本，這景象在溫菲爾王國第二大都市也見不到。

來到第五、六間書店時，我發現店旁小巷裡的井邊，有人捧著聖經注解上課。斷斷續續傳入耳裡的熟悉字詞吸引了我的注意，很好奇他手上那疊紙寫了些什麼東西，找得是心不在焉。

這時，繆里很刻意地嘆氣給我聽。

「大哥哥，你是小孩子嗎？」

伊弗說我來到這裡說不定會挖到寶，而我也實在無法否認，自己比繆里更著迷於這城市。

「算了。有我保護你，愛看書就看吧？」

剛下山時，她一逮到機會就要牽我的手或抱住不放，現在卻是雙手抱胸，腳開至肩寬，面對街道守著我背後。

即使沒有人高馬大，那模樣也活脫脫是個小騎士。

「不了……罵我幾句反而比較好……」

繆里白了我幾眼，嗤嗤笑起來。

如果給我機會找藉口，如此對書痴迷的樣子，是為了引人注意。

「你們在找什麼書啊？」

在第七、八間店門口站了一會兒，終於有老闆這麼問。

「沒什麼好驚訝的吧？我看你們一間一間找，已經看很久了。」

年紀與魯．羅瓦相仿的書商聳聳肩。

「這個人只要是書都好啦。」

繆里不耐地回答，逗得書商發笑。

「我很久沒來，一不小心就忘神了。」

相信這蹩腳的演技，反而替我添了點靦腆。

但我說的是實話。像手邊這本書，就只是一疊粗糙的紙，甚至稱不上是書，字還像繆里以前那樣歪七扭八。可是邊緣卻積了黑黑的手垢，表示它換過很多主人。拿起這樣的書，往事就一一浮現眼前。

老闆見到我苦痛與幸福交摻的隱晦笑容，顯得很意外。

「怎麼，你以前是這裡的學生啊？」

「要加個『流浪』才行。」

老闆稍抬下顎，有所領會地點點頭。

「說不定你小時候有被我老爸打手趕出去過喔。」

這裡多得是因為沒飯吃或是在幫派大哥命令之下偷紙賣的流浪學生。

「城裡氣氛跟以前沒兩樣呢。」

「人倒是變了不少。從上一代就有的書店除了我們，也只有斜對面了。」

這話讓繆里很驚訝。在她出生的故鄉紐希拉，無論是溫泉旅館還是馬房，就連河上渡船的船夫，多年以來都是那些人，就連倒店的概念都沒有吧。

「所以說……賭課本的事也還有嗎？」

在街上店家，可以看到很多客人捧著粗製濫造，連裝訂都沒有，要價卻不便宜的書專心地看，給人那麼點不自然的感覺。

我望著熱鬧街道上擺著書堆的店面這麼說，老闆的眼神跟著多了幾分親切。

「聽你的語氣，你也在賭課本上吃了不少苦頭吧？」

口傳授課當然是這裡的主流，準備筆記本自是必不可少。然而有需求的地方，就會有貪婪之人作祟。

「是啊。後來欠了一屁股債逃跑，路上被她的父母收留了。」

老闆往突然成為話題而縮起脖子的繆里看一眼，輕笑著無奈嘆息。

「那可真是上天保佑。祂偶爾還是會做事的嘛。」

這聽在聖職人員耳裡，或許會哭笑不得。不過突然失蹤的幼苗學生，在這裡是真的不罕見。

「那麼，你是衣錦還鄉的家教嗎？還是私人禮拜堂的祭司？想找什麼書？」

看來他已經把我當成了解大學城的人了。

刻意專注地到處找書，就是為了鬆懈書商的層層戒備。

「其實，我是在找關於沙漠地區的書。」

「喔？」

「童話、傳說一類更好。」

老闆用明瞭的臉看看我和繆里。

他大概是把繆里當成了遠地貿易商的孩子。讓有血緣關係的人受過所需教育再送到遠地作當地代理人，是很常見的商業行為，這時大多會用故事書當文法課本。

「沙漠地區啊。以前城裡是有個這方面的知名學者。」

老闆從櫃台下取出厚厚的帳簿翻起來。簿子和外頭堆的截然不同，是有皮革裝訂，書頁以羊皮紙製成，記錄的是會用鎖鏈拴在書櫃上的貴重書籍。

「他在好幾年前壽終正寢了。後來他的藏書在街坊上流傳了一陣子，不過大概是被其他大學城的書商撈光了，最近都沒看見。」

「來不及做抄本嗎？」

「沒看過，你也曉得吧，在大學城裡，要能當課本才有價值。」

「……」

沉默的不只是我，又發現陌生話題的小狼女也是如此。

「要不要用我的門路跟其他大學城的書商問一下？不過八成……不，十成十會被大咬一口就是了。」

書錯過就沒了，就算有做抄本的價值，手寫複製也是很花工夫和時間的事。所以只要知道有人在找，很容易就被哄抬起來。

這漲跌激烈到可以變成簡單的賭博，有人可以一夜致富，一夕之間變得一無所有的也不在少數。

而且這座城一年到頭都需要課本，每個人都在隨時緊盯贏錢的機會。甚至一般的肉鋪和麵包店都參與這樣的賭博，虧到關門大吉也是常有的事。

因此，書籍在大學城就像鳥一樣，一靠近就飛走。特地詢問遠在另一塊土地的大學城，就會被狠狠敲一筆。

老闆事先警告，純粹是出自一片好心。看來這間店能留存這麼多年，就是因為歷任老闆都是樸實正直的人。

「假如城裡還有他的書，麻煩請通知我一聲。多少漲一點……是無所謂。」

老闆聳個肩，點了點頭。

在我們兩個大人聊自己懂的事時，無聊的繆里跑去翻店門口的紙疊，但似乎是已經等到不耐煩了。她用嘹亮的聲音壓過周圍喧囂說：

「老闆，有沒有騎士戰記的書？」

兩個大人的視線，轉向少年打扮的少女。

「嗯？是說編年表那種？」

「戰爭史詩也可以。」

外觀像個商行小伙計，腰間卻掛著長劍。

老闆也用打量眼光掃過我的服飾，像是覺得我付得起錢而繼續說：

「那麼，妳喜歡陸戰還是海戰？」

看似老練商人的老闆拋出了意想不到的餌，繆里霎時咬了下去。

「海戰？還有在大海上打仗的故事嗎！」

「嗯嗯？怎麼，你們是北方人啊？」

繆里看老闆用誇張表情這麼說，瞪大眼睛轉向我。

其實從服裝就能看出我們不是南方人了，可是對尚未習慣四處旅行的繆里而言就像魔法一樣吧。

「說到我們這地方的騎士大戰，那一定是海戰。再往南一點，就有一片平靜又溫暖的海域，跟北方完全不同。那片海清澈得像是融化的寶石一樣，古帝國的騎士都是滿懷著征服世界的夢想，從那裡出航的呢。」

見到繆里的眼睛也聽得像寶石一樣閃耀，老闆從店鋪裡拿起一本不像外頭那樣粗製，有確實裝訂的書說道：

「如果要去看那樣的海，就應該先了解一些海上的故事。推薦這本給你們！這本《拉瑪德戰役史詩》寫的是古帝國時期最大的拉瑪德海戰。這個拉瑪德啊，是反抗古帝國到最後的戰士國家，僅憑五百人就要對抗一萬軍力，個個都勇猛無比啊。」

感覺繆里的耳朵尾巴就快要蹦出來了。

「哎呀，真不好意思，我忘了一件很重要的事。」

「？」

老闆稍微翻開書又立刻闔上，一拍額頭說：

「這些都是用古帝國文字寫成的，能拿來當文法課本用呢。妳看得懂古帝國文字嗎？」

「……」

繆里轉頭看來，我無奈搖頭。

但老闆立刻對失望的繆里說聲：「不用太擔心！」

「古帝國文字跟現在的教會文字差不了多少！也就是說，可以先從這本《修拉丁禱文》學好教會文字的基礎，再用《托蘭五步格詩》學習古帝國詩人的抒情用字，想看懂古帝國時期的書也不是問題！」

在這方面單純得可以的繆里馬上就上鉤了。

揪住我的袖子，直指老闆兩隻手上的厚書。

所謂的書商，說不定多多少少都是像魯・羅瓦這樣。

「教會文字我教就行了，不過那可是比俗文難多嘍。」

繆里像是想起了被綁在椅子上習字的那段日子。

一副大夢初醒的臉。

「而且，老闆您也真不夠意思。」

「？」

繆里看看我再看看老闆，老闆笑而不語。

「兩者單字的確是大部分相通，不過文法倒是差很多，單字的意思也隨時間變了不少。想讀古帝國的書，需要上專門課程才行。」

不知道老闆是想玩玩，還是想騙乍到南方的北方土包子買下昂貴書籍，總之他是使了個壞心眼。

而這時，我注意到他的視線。

皮笑肉不笑的視線。

「怎麼，有真功夫是吧？」

「咦？」

老闆招招手，人也靠過來附耳說：

「要不要替我工作？」

繆里在兩個臉靠臉的大人下面投來懷疑的眼光。

「不准你騙大哥哥喔。」

老闆對手扶劍柄的繆里賊笑著說：

「事成以後，我就把剛那兩本送給你們怎麼樣？」

繆里眼睛一張，又低吼著瞇起來，不知所措地轉頭看我。

「如果是謄寫工作，請恕我拒絕……」

「別傻啦，這種事哪值兩本書。要在這城裡賺錢，當然是要靠那個呀。」

老闆笑得更賊了。

這油條的笑容，讓我對自己剛以為老闆是因為樸實才能在這裡生存的想法覺得傻得可以。那純粹是不知世間炎涼的想法。在這個善於見縫插針的城市，老闆是因為無懈可擊才存活得下來。

「買賣課本嗎？」

老闆滿意地點點頭。

「其實啊，這座城陷入了一個大糾紛當中。大學的書單一拖再拖，把它搞成規模大到破天荒的賭博性商品了。街坊都知道我是賣書的，很難打聽消息。可是你們像是這兩天才到這來，說不定就有機會了。而且你們也像是在找沙漠地區的書，如渡得船不是嗎？」

這是個知識與學問泉湧不息的城市。

「怎麼樣，先聽我說說看吧？」

在大學城之泉底下閃閃發光的，是人的欲望，以及黃金。

「買賣課本。」

繆里喃喃地咀嚼這個詞，一口抽掉三根豬肉串的籤子，大口嚼起來。

「大哥哥，唔咕，你們講了那麼久，嗯唔！」

「東西吃完再說。」

以食慾為優先的繆里聽我唸人，又大口吃了幾塊肉。這裡和餐餐只吃羊肉的溫菲爾王國不同，桌上豬牛兔雞都有。大概是太久沒吃到其他肉，開心過頭了吧。

我們告別了油滑得像魯．羅瓦的老闆，到廣場邊的攤子吃中餐。我拿了水煮蛋卻沒剝殼，用手指推著它轉。

「話說大哥哥……」

繆里總算吞下滿嘴肉，喘了一會兒氣，邊舔拇指食指邊說：

「如果那個可疑的叔叔說的是真的，不就正好跟我們的目的一樣嗎？沒理由拒絕他吧？」

「這個嘛，話是這樣說沒錯。」

繆里的意思多半包含那兩本書，但不僅如此。

書店老闆跟我們提的條件，巧得簡直像是安排好了似的。

「在這座城，一旦某本書被選為課本，價格就會因為需求量暴增，翻成幾十倍嘛？可是現在學校遲遲不決定新課本，書店的人都很傷腦筋。而之所以沒辦法決定，是因為城裡有兩個學生集團互鬥的關係。到這邊都對吧？」

繆里拿幾個我在撥弄的水煮蛋過去，表示兩個陣營和觀望的書商。

「巧的是，兩個對立陣營其中一方的首領，就是那個死掉的沙漠地區學者最後且唯一的學生。」

繆里說到這裡，把水煮蛋往桌上一敲，剝掉殼大咬一口。

「老闆不是要我們和那個首領打好關係，把課本的消息洩漏給他嗎？既然我們要調查沙漠地區的事，在雅肯裡沒有比那個首領更了解沙漠的了，不如就裝作拜他為師……然後那個老闆還說……對了！這樣是如渡得船對不對！」

繆里用上了剛學的成語，滿意地剝起第二顆水煮蛋。

「……聽起來未免也太剛好了。」

這少女嫌水煮蛋味道不夠，從腰帶翻出小鹽袋小心地灑幾下。她是經常看旅行老手魯・羅瓦這麼做，一有機會就自己試試看。

「你覺得是騙人的？這要見過那個首領才知道吧？」

「話是這麼說沒錯。」

就算書店老闆想騙我們，也不會編得這麼剛好才對。

然而，我們為了尋找新大陸，得先尋找擁有沙漠地區知識的人，而這樣的人全城只有一個，還正好位於課本賭局風暴中央，會懷疑事有蹊蹺也是理所當然。

「會不會跟大哥哥被爹娘收留一樣，是神的恩典啊？」

「不信神的妳怎麼說這種話。」

繆里嗤嗤笑起來。

「見過就知道了啦。再說如果是真的，魯・羅瓦叔叔也會查到同一件事吧。」

遇上這種事時不會胡思亂想，總是先付諸行動的繆里特別可靠。況且買賣課本這件危險的事情還有魯・羅瓦這位老練專家在，很可能真的是瞎操心一場。

不如就先和魯・羅瓦碰頭，看看雅肯情況再說……這麼想而要吃蛋時，最後一顆也進了繆里的胃。

「……」

「嗯？啊，那個那個，有點不夠吃，可以叫那鍋燉肉嗎？」

我不滿的視線，似乎被繆里當成問她吃飽了沒。

她指著攤販老闆正在攪拌的大鍋這麼說。

回到旅舍，先一步回來的魯．羅瓦一個人吃著午餐。這位眼光銳利的書商，將鎮上紙坊與謄寫坊繞過一遍後，果然也查到了現在雅肯這場衝突。

「事情鬧得可大了呢。問題核心是在於教會法學的課本。」

「咦！」

繆里原本想從魯．羅瓦的盤子偷拿鹽烤狗魚，被我這一叫定住了手。

「如寇爾先生所知，教會法學的課本需求最高，種類也最多。就連必不可少的都有好幾種，所以想把有可能的全買下來並不實際，不管哪裡的書商都無法採取行動。這就算了，如果是去年，謄寫坊早就開始忙著抄這些課本了，現在開著店門卻沒事做。」

知道不是抓她偷拿，讓繆里鬆了口氣，把鹽烤狗魚拖到自己盤子上，抓住頭尾大口一咬。

「嗯咕、姆咕……可是這樣的話，不就會有很多紙空出來嘛？」

繆里在換氣之餘這麼問。

「有是有，不過那都是課本一敲定就要用的材料，不能隨便賣。如果選中的是數量稀少的書，就有很多份要謄了。」

「……」

繆里閉著眼，若有所思的樣子，但實際上比較像是在享受狗魚骨頭的觸感，嚥下後開口說：

「那我們就去跟首領打好關係，請他挑城裡還剩很多的書當課本就好了吧？這樣就會剩很多紙能賣我們了。」

道理順得跟水車推動齒輪一樣。

「魯．羅瓦先生，您有這位首領的消息嗎？我不太明白學生為何會影響到選書的事。」

我的話讓繆里不解地轉了轉紅眼睛。

我不記得當年在這裡當學生時，搶走我收入的那些幫派學生對課本有任何足見的影響。反而他們才是被那些傲慢又貪心的教授耍得團團轉，氣急敗壞想知道下次用什麼課本的一方。

「賢者之狼。」

魯．羅瓦冷不防說出這樣的詞。

繆里的母親是有賢狼之稱的狼之化身。這話使她當場愣住，停下正在摳牙間魚刺的手。

「首領的稱號就是這麼大膽。據說這個人率領的是出身北方的學生集團，狼就是代表荒涼動盪的北方吧。」

從前古帝國時期常用的狼徽，到現在已經完全退流行。但北方與經過大幅開發的南方不同，還有很多蓊鬱森林有狼居住，與狼距離仍近得多。

狼也十分適合用來象徵野蠻的反骨精神。

「我知道的只有這個稱號，還有他們是出身北方的窮學生，跟富裕的南方學生敵對而已。」

這樣我大致上也有概念了。

「所以是類似同鄉會的組織嗎？」

聽起來不像我兒時見過的那種混雜的暴力詐騙集團，有正當的宗旨和目的。

「沒錯。聽街上工坊的人說，他們就像遠地貿易商，在無依無靠的異地團結起來保護自身權益，扶持彼此生活。還互相出借昂貴的課本，替跟不上的人補習，幫助同鄉能在遠離家鄉的地方求學。」

「像騎士一樣！」

是住在深山小村不會知道的旅人世界故事，讓繆里雙眼閃閃發亮的吧。我無奈嘆息，魯．羅瓦笑得挺開心。

「對了，聖庫爾澤騎士團也是依出身地分隊的嘛。」

「所以那個人也知道很多沙漠地區的故事嘍？」

對於這個實在太過巧合的狀況，我依然覺得不太對勁。

「我們也跟書商聊了幾句。他說這個首領，是某個高齡博士的最後一位學生，而博士正好是沙漠地區的專家。」

「沒錯沒錯，我也有打聽到。真是巧得不得了啊。」

看來不是只有我覺得這是場奇妙的際遇。

「其實這種奇怪的偶然，在旅行上是挺常見的。」

硬是把這當作圈套，未免太可笑了點。但若是出自必然，背後究竟會是怎麼回事呢。

我們也在旅途中碰過幾次天大的幸運，所以不覺得這話是魯．羅瓦個性大方使然。

「如果願意聽聽我的看法——」

魯．羅瓦在繆里拿走之前把兔肉拉到手邊，說道：

「就算我們不為任何事而來，我們也該幫助賢者之狼。」

與「無欲無求」距離甚遠的魯．羅瓦這番意外之詞，讓我很驚訝。

「……這是怎麼說？」

肥嘟嘟的書商挺直背脊說：

「賢者之狼是在幫助貧窮學生團結起來，避免他們成為有錢學生的俎上肉。源自選課本的賭博，已經讓很多未來的有能學者胎死腹中。天資聰穎卻買不起高漲的課本，放棄求學的人到處都是，誤信讒言而揹了一屁股賭債，被迫日夜謄寫課本而弄壞身體，最後曝屍荒野的年輕人更是數也數不完。賢者之狼就是想打破這個每次都是那些人在賺大錢的陋習舊弊。」

可以一夜致富的賭課本，也曾將我打入負債的深淵。

而魯．羅瓦是愛書知書之人。

面對書商難得認真的表情，繆里這野丫頭卻是用小小的舌頭舔去嘴唇上的魚油，目光如炬地說：

「那就這麼決定嘍？」

臉上還堆起驕傲的笑容。

「騎士永遠是站在正義這邊！」

繆里說這話的表情，像是點燃了某種騎槍術比賽沒能燃起的東西。

旅舍房間隨日落而陰暗，窗外底下的街道反而一片通明，愈來愈熱鬧。

「這麼多人白天都躲在哪裡啊？」

繆里在窗邊擺張椅子往下望，路上的男性青少年多到她不禁喃喃這麼說。這樣的情景，在一般城市可不容易見到。

「因為人白天都在巷子裡的井邊、商行倉庫，甚至白天沒營業的酒館上課，天黑了就湧到街上來了。」

「像蟲一樣。」

「是啊，算是書蟲吧。」

繆里見我答得不錯，不太甘心地看著我。

「話說大哥哥，為什麼魯．羅瓦叔叔可以去街上巡，我們卻要在這裡守著啊？既然要找假狼，反過來肯定比較好吧。」

先不論這位統領北方學生的人物動機和目的為何，「賢者之狼」這麼一個大膽的稱號，聽在真的有個狼媽的繆里耳裡似乎很不是滋味。

她刻意說人家是假狼，還喀噠喀噠地搖椅子，看得我直嘆氣。

「因為我會擔心啊。妳這種年紀的小孩，很容易成為那些幫派學生的目標，不管穿不穿男裝都一樣。」

繆里經常聽我嘮叨：「這個年紀的女生不能這樣。」原本想辯說自己現在是男性打扮，聽到最後又閉上剛開的嘴。

「我不是懷疑妳騎士的能力喔。反而是怕妳太強，人家圍上來的時候問題會更大。因為妳一定會把他們全部打趴嘛。」

不如讓魯．羅瓦上街尋找那位傳聞中的人物。

繆里懷疑我在把她當小孩子哄騙而逡巡了一會兒，最後覺得有道理的樣子，不平地抱胸嘴了下去，打嗝似的挖苦我一句。

「哼，虧你能在這種地方活下來。」

面對繆里將只能呆望熱鬧街道的氣出在我身上，我嘆著氣說：

「因為我看起來真的很瘦弱很悲慘，所以人家施捨得比較多，假稱借錢的小錢也騙得特別順利。」

「……」

繆里看看我，表情像是自個兒明白了些什麼。

「真的。要是看到大哥哥小時候的樣子，就算不是娘也會想對你好一點吧。」

我不覺得那是稱讚，她笑嘻嘻地摸起我的頭來。我鄭重移開她的手，自己也往街上望。

「別鬧了，好好監視。聽說學生集團會在這個時間出來示威。」

房裡只有我和繆里，她當然是把尾巴耳朵都放出來。她盤腿坐在椅子上，伸手拿木錐和蠟板並盯著我看。

「想問示威的意思嗎？嗯……可以說是強調自身地盤的一種巡邏吧。」

繆里急忙寫下剛學到的新詞。

「可是這邊不是我們要找的人的地盤吧？會圍著桌子吵鬧的，大多是頭髮有梳過的男生。」

有人牌打到像是要打架，有人彼此搭肩邊走邊喝，有人已經醉得癱坐路邊，各式各樣，但穿著都有一定水準。

「因為攻擊是最好的防禦。」

「咦？」

繆里像是很意外聽到糾紛就不高興的斯文哥哥會說這種話，愣愣地眨眼睛。

「為了保護自己的地盤，而故意偷襲敵人的領域，是自古以來就有的常見手段。」

從店家外洩的燭光，與路上熊熊燃燒的篝火照耀下，烘托出一群宛如惡夢的狂亂青少年。我懷著在那裡頭發現自己瑟瑟發抖，將這天第一份食物塞進嘴裡的心情繼續說：

「然後他們會派年紀還小的小雞學生，拿著裝碎鯡魚乾之類的容器，在勢力範圍裡挨家挨戶地問『今天是我生日，能不能給我一點零錢買麵包，讓這塊鯡魚可以好吃一點』。當然，賺來的都會被幫派大哥全部搶走。」

在紐希拉就算她問也不會說的事不禁脫口而出。

當時滿腦子都是活下去，連自己在做壞事的認知也沒有。現在想想，其實城裡的人都知道那是怎麼回事，更增添了幾層哀怨。現在我也多了解了一點，人們施捨零錢與食物時的憐憫表情是什麼意思。

對純粹路過的人來說，肯定難以想像這城市藏著如此的黑暗。

面無表情俯視街道喧囂的我，忽然感到腰背後傳來他人的體溫。

「……大哥哥，也跟我多說一點那種事嘛。」

我看不見緊貼背後的繆里是何表情，但眼角餘光處的尾巴顯示她有點不高興。

從後方抱住我的繆里，將額頭用力抵在我背上繼續說：

「可惜不能回到你小時候照顧你。」

繆里經常嚴格地嫌我蠢，知道哥哥過去也有過苦日子後，似乎是反省了些。

但她微慍的語氣，隨即使我改變了念頭。

繆里不是只會受人保護，有時也會保護我，與我對等。

還在紐希拉時，我只會跟她說旅行上的一點小顛簸，不至於說到這來。兩件事合起來看，說不定我比自己想像中更認同繆里是我的旅伴。

「就是啊。如果當年能跟現在的妳訴苦，說不定就能替我分擔了。」

「對呀，因為我是騎士嘛。」

繆里從我背後抬起了頭，我也總算能夠轉身，見到的是比尚在紐希拉時更有英氣的她。

騎士精神，同時也是關愛同伴的友愛精神。

「不過妳還要再多成熟自立一點，感覺才會夠可靠喔。」

手不自禁擺到她頭上，或許是因為要她趕快長大的同時，心裡對她處在耀眼的成長期有那麼點嫉妒。

繆里用力撥開我的手，一掌甩在我腰上。

「大哥哥真壞心。」

「好好好，對不起。」

才剛開始安撫鬧彆扭的繆里，她毛茸茸的尾巴就從側擺的腦袋另一邊捲上我的腳，教人不笑也難。等小騎士的心情好得差不多後，先有反應的是靈敏的狼耳。

「有人在吵。」

繆里猛一探出窗外，尋找方向。

「那邊。」

我從伸手遙指的繆里背後替她蓋上兜帽遮耳朵，隨後自己也聽見了吵鬧聲。

來自滿街學生，如浪潮般的鼓譟。

「會是我們在找的學生來了嗎？」

據說大學城被北方的貧窮學生和南方的富裕學生一分為二。

會來這所旅舍的都是書商，而書商賣書的對象幾乎是生活富裕的人。

所以這間旅舍就在位南方學生的地盤正中間。學生們都離開椅子站起來，像野狗一樣轉向亢奮浪潮的來源。

是敵人要突襲大本營了嗎？

我緊張地吞吞口水，等待街上人群下一步行動。

這時有人升起狼煙般大叫：

「有人叛逃！小雞跑了！」

繆里才剛學到小雞在這座城裡有什麼意義，耳朵豎得又高又尖，當場提劍上腰。短暫糾結後，我沒有制止她，自己也抓起大衣。不是因為想深入了解這座城，就該看清它的黑暗面這種小聰明。

單純是「小雞逃跑」喚醒的記憶和憤怒讓我那麼做。

「繆里。」

「看我的！」

銀色騎士說完就衝出房間。

稚氣未脫的少年學生，在這稱為小雞。他們不僅是學生，還是幫派大哥的財產。大多是隻身浪跡天涯，最後來到大學城求救，結果落入魔掌。

有些幫派大哥過去也曾是小雞，但絕大多數還是來自貴族或富商家庭，跟父母有樣學樣，對使喚人沒有絲毫罪惡感的富裕學生。

他們有的是轉眼散盡家裡給的錢，有的是放蕩無度而遭父母捨棄，然後憑藉養小雞而取得國王般的財富與權力。

所以賢者之狼才會挺身而出，替容易淪為犧牲品的北方學生凝聚力量吧。

「竟敢恩將仇報，倒我們的債！給我把小雞找出來！」

少年們紛紛抓起手邊的棒狀物，出獵般帶著輕蔑的笑容與亢奮奔向每條大街小巷。沒離開桌位靜靜喝酒的，不是穿著特別體面的少年，就是早已習慣這場面的青年。

野狗也被這亢奮激得高聲長嚎，睡在巷弄裡的放養豬雞四處逃竄。酒館淡然收拾容易損壞的東西，商行派出魁梧的搬運工站在門前以防打劫，厭煩這種騷動的小老百姓都關上了為通風而開的窗。

「大哥哥，這種事很常有嗎？」

街上吵翻了天，居民卻不慌不忙的樣子，讓繆里也看傻了眼。

「大學城可是連國王都會放棄管理的地方呢。」

常有人繪聲繪影地說，這些無法無天的學生即是大學城大多能取得自治權的原因之一。

「男孩子一多起來，真的沒好事耶。」

如同忽鹹忽淡的河海交會處，繆里有時也會說出很有女孩子味的辛辣批評。

「妳之前說妳看得出來地盤交界嘛？小雞想逃的話，應該會逃到對立集團的地盤去了。如果想救人，到那裡等會比較好吧。」

「敵人的敵人就是朋友？」

「說成『雞跑去哪就是哪家的』比較接近吧。」

繆里露出厭惡的表情，伸長脖子並抖抖兜帽底下的耳朵，說聲「這邊」便跑了起來。當地學生應該也知道小雞會往哪跑，會在那聚集才對。繆里是藉腳步聲掌握少年們的流向，和白天找書店時在腦裡製作的地圖疊合了吧。

「我先問一下。」

在沒有一盞燈，靜得出奇的巷子裡奔跑時，繆里問道：

「救小雞的時候，可以說自己是騎士嗎？」

「……」

這野丫頭的本質跟那些鬧事少年沒兩樣。

「絕對不行。」

繆里在黑暗中嘟起嘴，使我為她沒有長進而唏噓時，稍遠處傳來年輕人的怒吼。

「繆里？」

「不太妙，好像是逃跑的被抓到了。」

從叛逃、欠債等詞，可以想像小雞為何逃跑，也能想像他們被抓回去會有何下場，令人作嘔。

「大哥哥，要是你追不上我，把月亮放在右邊，沿著路走就對了！」

新月之夜也不會在山上迷路的小狼女說完就加快速度，轉眼消失在巷弄的黑暗裡。所幸喧囂來向明確，至少也可以等到天亮。但想到自己慢吞吞地跟隨繆里的窘樣，實在教人汗顏。

「早知道……就跟她一起練劍了……」

話說前陣子我好像也為自己體力太差吃過苦頭。空有理想，是無法戰勝現實的。我邊喘邊跑，一路跑到終於能聽清原本只是哇哇叫的喧囂。

「跑去塔蘭街了！」一道格外清晰的喊叫從右方樓房後頭傳來。

這裡像是皮革舖的後院，我錯愕地躲開曬在一旁的大熊皮，翻過擺在巷裡的酒桶和損壞的馬車貨台，奮力催促跑太久而不聽使喚的膝腿，連滾帶爬地上了大街。

「怎麼搞的啊……」

埋怨自己的破腿而抬起頭時，我不禁倒抽一口氣。周圍很安靜，使我完全疏忽了。

我根本沒注意到周圍的劍拔弩張，傻傻地踏進了化為戰場，對峙的兩陣中央。

大哥哥。

然後是一聲竊語，有人把我用力拉回巷子裡。

想喊繆里，她卻先捂住了我的嘴。

白天應是擺滿攤販的熱鬧街道現在清出大量空間，兩組勢力互相對峙。右邊是在黑暗中也看得出一身好衣的少年，另一邊少年穿的是紐希拉也看得見的簡陋衣物。

右邊的大多拿劍，左邊拿的是木棒擀麵棍，還有人拿鍋子當頭盔。

右邊集團中有人說話了。

「可以把我們的夥伴還來嗎？」

這時我才稍微看見左邊集團後方有兩個小孩在其庇護之下。藉由火把照耀，從這麼遠也能清楚看見他們面黃肌瘦，憔悴至極的模樣。

「還說什麼夥伴！你們只會拿他們騙錢而已吧！」

這聲反駁使得雙方都進一步似的向前傾。

「哪有那種事。我們不過是本著慈悲為懷的精神，收留這些潦倒的人，互相切磋學習罷了。他們的手為什麼沾了那麼多墨呢？那是因為在我們的保護之下，他們可以沉浸在求學的喜悅裡。用花言巧語欺騙他們的，是你們才對吧？」

手上的劍寒光一閃。

「你們這些髒兮兮的北方臭狼，別以為惹上我們南方大鷲還可以全身而退喔。」

嘴裡全顯然是上流階級的發音和用字。

再加上慣於使喚人，把囂張跋扈當成義務的態度。

繆里才剛把滾進戰場的傻哥哥拉進巷子，現在換我從背後抱住她，怕她衝出去了。

「你說的學習的喜悅，指的是把人強拖到地盤裡綁在椅子上，連飯也不給吃，天天逼他們念文法書跟寫字，逼他們幫你們下金蛋的刑求嗎？你知道多少人因為這變成行屍走肉，再也不想拿起筆嗎！簡直無恥！」

棍棒和鍋子對上劍實在不利，但或許是離地盤近，這群北方狼有數量優勢。

但他們不像是在考慮是否有利這種細節。這兩團長年對立的人，心裡都充滿了定要把對方打得頭破血流的危險決心。

不過左邊陣營反駁的人始終不固定，不曉得誰才是首領。當我按住懷裡低吼得像地鳴的繆里腦袋，尋找究竟誰是賢者之狼時，狀況發生了。

在後面照護可憐小雞的其中一人倏然站起。

個子不高，看起來說不定是才剛脫離小雞沒多久，卻格外引人注目。或許是因為身穿乍看之下像是旅行聖職人員的白袍，與充滿自信的步伐。

被囂張的南方學生氣得齜牙咧嘴的繆里也忽然不吼了。

裙襬搖曳的嬌小人物，從經過的同伴手中接下了劍、手甲和取下面罩的鐵盔，俐落地穿上。

「咦……那不是……」

讓繆里訝異低語的，應該不是那人如戰場騎士般逐漸穿戴的裝備。與其對峙的南方學生也出現波動，表示他們也注意到同一個人。

「可惡！北方的魔女，又是妳！」

無論南方陣營的人怎麼叫，那個身材嬌小卻戴了個大鐵盔的人物都沒停下她悠然的腳步。彷彿是受到從她背後如濁流般湧出的野狗推舉。

「爾等這班只會用學識牟利的大學城寄生蟲，吾在此奉主之名，將爾等全部治罪！」

像是還沒完全變聲的高亢嗓音，將野狗們的氣勢燒得更旺。

「吾乃賢者之狼露緹亞！去吧！把這群貪財的豬玀——」

富裕學生陣營一陣慌亂，後面的甚至有人開溜。貧窮學生在如此窘境下也願意奮戰，多半是源自這位賢者之狼的奇妙力量吧。

以木棒鍋具為武裝的學生，也隨野狗的氣勢蠢蠢欲動。

我睜大眼睛注視此景，不是因為帶頭的是個少女，而是因為感受到少女自稱賢者之狼的原因。

戰鬥將隨露緹亞最後的呼喊揭幕。

就在這一刻。

露緹亞赫然轉向我們。

表情堪稱是驚訝得有如見到飛龍劃過白晝。

「上、上啊！不要怕！」

某人見露緹亞忽然停止動作，慌忙之中知道勢不可殺而代為發令。狀況如滿水的水桶般一觸即發，誰來發令都一樣吧，一場大群架馬上就開打了。

然而堪稱為戰鬥的只有轉眼之間，富裕學生很快就潰不成軍，被野狗追打。據說就連傭兵也會為旅途上的大群野狗頭疼。

那麼，有狼率領的野狗就更可怕了。

能感覺到懷中的繆里，在如雪崩過後般鴉雀無聲的街道上吞下硬如打嗝的唾沫。

「怎、怎麼會……」

這低語究竟是來自於誰呢。

將深褐色頭髮如狼尾般束起的少女，從鐵盔底下望著我們。

正確來說，是我懷中的繆里。

「……不好意思，妳該不會——」

我代替因事出突然而不知所措的繆里發問。

而露緹亞像是現在才發現我的存在，瞪大雙眼。

說不定，那是因為彷彿只等收拾殘局而姍姍來遲的衛兵到處吹響的警哨。

「露緹亞小姐！市議會的人來了！我們先走吧！」

學生集團看似旁若無人地掌控這城市，但也不是完全脫離秩序的掌控。

而且市議會多半有人收了富裕學生家裡不少錢，北方狼可說是兩面受敵。

「……把收容的小雞帶去老地方，受傷的也都帶過去治。」

少年們接到指示後如鳥群般一去無蹤。

注視他們的背影，或許是因為希望時間能從另一個現實稍微錯開。

但就算別開眼睛，也不會有任何事因此改變。

「……」

露緹亞轉頭過來，明確地注視我和繆里。

「我在青瓢旅舍。」

持劍的鐵盔少女說完就順著撤離的同伴，消失在街道暗處。哨音愈來愈大，再待下去說不定會被當成共犯逮捕。光是想像自己請求海蘭寫信放人的樣子，我就渾身哆嗦。

繆里催我快站起來，並連拖帶拉地把我弄進暗巷裡。

慢吞吞地走了幾步後，我才終於開口：

「她……是狼對不對？」

若單純只是非人之人，我還不會這麼驚訝。這一路上我認識了鯨、羊、鳥、鼠等各式各樣的非人之人，就是沒見過狼。不，對於得以窺見非人之人歷史的我來說，應該有更正確的說法才對。

自始至今，我都沒見過擁有尖牙利爪的非人之人。因為他們都去參加了終結精靈時代的遠古戰爭，消失在歷史的黑暗中。

繆里用緊張而僵硬得失去表情的臉看著我。

「……是狼沒錯。」

好似有生以來第一次照鏡子的幼子。

第三幕

暫且回到旅舍後，魯．羅瓦就在門前焦急地等我們回來。

我將騷動的始末，以及見到賢者之狼的事都說出來了。略過細節，跟他說對方指定青瓢旅舍，他便告訴我們那是北方毛皮商人的聚集地。

我認為應該立刻去找她，可是看繆里的樣子，先等個一晚或許比較好。在紐希拉時，我從未想像繆里會對狼血統如此執著。遇見了狼同伴，她一定有問不完的事、說不完的話，需要時間整理思緒。

因此，到了隔天。

還以為繆里會食慾缺缺，結果她塞進嘴裡的麵包和肉比平常還要多，大步踏過絲毫不見昨晚騷亂的雅肯街道，挺起胸膛站在青瓢旅舍前。

「……不可以吵架喔。」

看她一副要下戰帖的樣子，我趕緊補上一句。

繆里不甩我，推開窗口緊閉的門。

「我們午鐘過後才賣酒。」

老闆以為我們是性急的酒客，用正為宿醉所苦的聲音說。

「那個狼在這嗎？」

老闆因此知道我們不是普通客人，懷疑地看來。

「你們是——」

「朋友。」

繆里直接打斷對方的問題。

老闆用疑惑的眼神對我們打量片刻，使我不禁敬了個禮後，他輕聲嘆道。

「她在三樓最裡面。」

他大概是不認為我們會鬧事，抑或是看出了我們藏不住的北方人士氣，選擇暫且相信我們。

樓梯位在一樓酒館部分最裡頭，一到二樓就見到幾個穿著寒酸的少年蹲坐於走廊，專注地用蠟板念書，一眼也不看我們。這氣氛讓恨死念書的繆里縮了一下，最後仍大步走上三樓。

三樓的人年紀較長，同樣也在走廊捧書抄寫，或做代書工作。在人們忙碌地出出入入，門敞開不關的房間裡，我們見到了昨天的少女。

「……來啦。」

她早就知道我們來訪了吧，在我們出聲之前就淡淡這麼說，並起身離席。

「我去四樓談事情，不要讓人上來。」

露緹亞如此交代少年後就穿過我們身邊上樓去了。在能將人看得更仔細的明亮處，她感覺更為嬌小，大概只比繆里高半個拳頭。如果要她們比身高，野丫頭八成會硬說自己比較高。

她的服裝同樣是昨天那身袍子，粗獷腰帶上掛了把短劍。不像修女，比較像會巡迴北方深山的女祭司。如果是普通點的衣裳，或許會以為是年紀輕輕就身負村中要職的村長獨生女。

我們就此跟隨露緹亞來到四樓深處的房門前。

「這裡是寶庫。」

露緹亞這麼說之後，將鑰匙插入大大的鎖頭裡。

門一開，類似黴味的不舒服氣味便撲鼻而來。

「都是課堂上會用到的書嗎？」

「對。這都是讓我們在這裡生存下去的種子。」

不做僅限一次的買賣，而是製作抄本，全部記到腦子裡，讓代代新人能夠長久讀下去，的確是種子沒錯。

露緹亞邊說邊推開木窗。

並隨流入房間的新鮮空氣轉向我們。

「昨晚真的嚇了我一跳。」

不知是無措還是遮羞，露緹亞露出吊高右側唇角的笑容。仔細一看，和頭髮同樣顏色的三角大耳朵和毛茸茸的尾巴都露出來了。

「我也到處找同類，找了很長一段時間。」

往繆里一看，之前氣勢還強得需要我叮嚀，現在不知在忸怩什麼，狼耳狼尾都收著。說不定是真的遇到了狼族卻不曉得到底該怎麼辦。

「不好意思，她剛才還活蹦亂跳的。」

露緹亞笑了笑，對我說：

「我懂她的心情。要是昨天周圍沒有那些同伴，我也會慌。」

這不算是替繆里說話，她當時的確是那麼錯愕。

「那麼我重新自我介紹，我是露緹亞。」

她直挺挺地伸出右手。或許是身為領導者的緣故，舉止是滴水不漏。

我回握那隻和繆里差不多瘦的手，為是否該使用來到雅肯前說好的假名猶豫了一下。讓人知道黎明樞機來到雅肯，肯定會有麻煩。

可是在這個場合上，她們已經用非人之人這個特大的尾巴握手了。

我便老實說出本名。

「我是托特・寇爾。」

露緹亞只是儀式性地微笑，似乎沒注意到我是黎明樞機。鬆口氣之餘，我暗罵感到有些遺憾的自己。接著理所當然地，露緹亞對繆里伸出了手。

「喂，繆里。」

我在難得變成拘謹女孩的繆里背後拍一下，她才總算鼓起勇氣。

「我是繆里。」

語氣像是發自某種競爭心理，而那似乎不是錯覺。

「……賢者之狼是什麼意思？」

繆里的母親，素有賢狼之稱。

只見露緹亞靦腆地笑著回答：

「第一個就是問這個啊。沒什麼啦，妳也聽到那些南方人怎麼說的了吧？是他們先自稱南鷲幫，奴役這裡學生的。」

「所以你們才自稱北方之狼？」

那些以鍋為盔，拿擀麵棍為武器的少年是這樣自稱的。

「鴿子和羊打不贏鷲嘛。」

露緹亞聳肩說。

「而且，我有聽到風聲。」

「？」

繆里兀然注視露緹亞。

「在遙遠的北方有一位人稱賢狼的偉大族人。」

意想不到的話讓繆里頭上的三角耳蹦了出來。

「據說這匹狼居然在人類支配的世界上劃出一塊美好的地盤，堂而皇之地住在村子裡。這是我剛來到雅肯時，聽碰巧路過的鹿之化身說的。雖然可能只是傳說一類，還加油添醋過很多，但那仍給了在城裡徬徨的我很多勇氣。從那天以來，我就倣效賢狼，自稱賢者之狼了。就像比較沒膽的人類獵人，在森林裡以熊啊狼的互相稱呼一樣。」

「……」

從繆里的樣子來看，她懷疑過對方是盜名欺世之徒。

可是露緹亞並沒有披上偉人的皮，臉上只有青澀靦腆的笑容。

繆里看了露緹亞一會兒，偷偷鬆了口氣。說不定原本有在打算，若真是賢狼的冒牌貨，就要為維護名譽而戰了。

教人意外的是，話題人物無疑是繆里的母親賢狼赫蘿，繆里卻沒有在此揭露身分。

還以為繆里會引以為傲。這年紀的女孩心思難以捉摸，或許是不喜歡拿父母的事來自吹自擂。

尤其是她老是覺得父母太肉麻。

「那麼，我也有話想問……你們是什麼關係？」

口氣並不嚴肅，且從露緹亞放鬆的嘴角，能看出這只是暖身而已。

不過我覺得怎麼答都會惹繆里不高興，難以開口。

「大哥哥就是大哥哥啦。」

結果繆里先執拗地這麼說了。

我不認為她臉皮厚到會在這裡硬說我是她男友，但連騎士身分都沒說，似乎是有她的用意。我想她是覺得隨便說出這個詞，會把我們關係侷限在那裡面。

露緹亞應該不至於看到這麼深，但我們不是親兄妹這麼明顯的事，不會看不出來才對。她帶著頗為世故又略顯厭世的笑容點了點頭。

彷彿在非人之人只能在暗處生存的這個世上，已經見過了很多這種事。

「那接下來，我要以雅肯的賢者之狼身分發問。你們是住在鐵與羊旅舍吧？那裡是書商聚集地，那你們也是書商嗎？你們那個圓滾滾的同伴專挑謄寫舖和紙坊打轉，也有在打聽我的消息吧，你們兩個也把城裡的書店逛得差不多了。」

會知道魯．羅瓦與我們結伴與他的動向，是因為城裡到處都有學生替她做事吧。

露緹亞眼底泛起警戒之色，顯示她保護這旅舍的決心，與在漫漫塵世中偶遇族人的喜悅一樣高。

畢竟在這座城牽涉到買賣書籍的人，背地裡十之八九都在幹些壞勾當。

「我們的同伴的確是書商，但我們不是來作書本生意的。我們兩個也不是書商，是為了其他目的來到這裡，找妳就是出於目的需要。」

露緹亞稍抬下巴，要我繼續說。為安全起見，我看看繆里，表示說下去之前我們也得揭開神祕面紗。

繆里搖搖她毛茸茸的尾巴，像是認為尾巴都放出來了，還擔心什麼人類社會的事，替愛瞎操心的哥哥說：

「妳知道教會跟王國的衝突嗎？」

「王國……溫菲爾王國嗎？這個嘛，是知道一點。」

警戒的露緹亞像是沒料到我們會拋出這個話題，對我們投出不解的視線。

但無論如何，隱藏目的恐怕得不到她的幫助，我便鼓起勇氣說出了口。

「我們來到雅肯，就是為了這場衝突。」

露緹亞先是一陣疑惑，然後喃喃默唸我的名字。

緊接著，耳朵尾巴的毛像繆里那樣豎了起來。

「你是黎明樞機？」

大學城的旅人多如急流，到處都是積極的神學家和教會法學者。

在這裡，王國與教會之爭的消息密度想必與勞茲本不遑多讓。

「不會吧……怎麼……」

露緹亞支支吾吾說不出一句話，對胡亂擺動的狼耳又抓又摸。

眼睛還直勾勾盯著我看，令人有些尷尬。別開視線後，繆里一副得意的臉。

「嗯？不，可是……慢著慢著。」

不知該怎麼說話的她手扶額頭整理思緒。

「聽說王國是羊的國家，所以說你們……？」

「妳說哈斯金斯爺爺？跟那邊沒關係啦。」

黃金羊哈斯金斯老爺子，曾經幫助溫菲爾王國開國君王作戰，參與了建國過程。

他為了自己的同胞，藏身於擁有大草原的修道院，給羊群一個家。

「這、這樣啊？喔不，既然你們是為王國而戰……也就是說王國和非人之人合作？所以他們才對抗教會？」

黎明樞機幫助溫菲爾王國對抗教會，還帶了個狼的化身，會這樣想也無可厚非。

「呃……這方面有點複雜……」

思考怎麼解釋到一半，繆里嘆著氣插嘴了。

「就是我這個每天只知道看書，整天信仰長信仰短的大哥哥，看不慣教會整個變成壞蛋，所以想下山罵人。我放心不下，所以就跟他一起下山了。基本上，我耳朵尾巴都是藏起來的啦。」

雖然這段解釋裡有不少細節讓人想抗議，但大體上還是足以讓我對錯愕的露緹亞不情願地頷首。

「我……我開始有點概念了。可是，對喔……也是可以這樣結伴的。」

露緹亞說得像是吞下一大塊麵包，然後苦笑起來。

她聞氣味的動作透露了原因。

「哥哥啊……」

會覺得露緹亞的視線突然讓人非常難為情，是因為狼的鼻子甚至可以清楚聞出繆里每晚是用什麼姿勢抱著我睡。

她用一種慶幸但又不太想看人秀恩愛，往軟嫩烤肉咬上一口的表情注視我們。

「不過我比較想當他的新娘啦。」

不過繆里又毫不害臊地這麼說，非常刻意地聳肩給她看。

「狩獵是需要耐心的喔。」

繆里往露緹亞瞥一眼，回給她一個大大的賊笑。加上身高相近，像極了一塊長大的搗蛋拍檔。

「咳哼！先、先不說她了，我們是因為雅肯能滿足解決這場衝突的多項需求而來到這裡。」

我用這句話拆開兩頭竊笑的狼後，露緹亞轉了過來。

「第一，我們要散布聖經俗文譯本，好讓平民百姓知道教會究竟從神的教誨偏離了多少，所以來這裡找紙。第二，是希望能找到願意與我們一起匡正教會的教會法學博士或神學博士。至於第三──」

「找到知道新大陸或沙漠的人！」

露緹亞看看對前兩項毫無興趣的繆里，再看看不勝唏噓的我，鄭重地點了頭。

「俗文聖經和找博士作戰友……這兩個我都懂。俗文譯本的計畫和你們對教會的抗爭，在這裡也是常見的話題。可是──」

她的尾巴神經質地左右大幅擺動。

「你剛說新大陸跟沙漠？」

「對對對！我們要找到新大陸，建立我們自己的國家！」

耳朵尾巴動個不停的繆里，讓露緹亞傻眼地乾笑。

我怕這種夢想會招來誤會，補充說明：

「新大陸或許會是解決王國與教會之爭的關鍵。」

「唔……嗯？」

「王國與教會，是秉持著各自的理由而對立。但現在問題糾結得超乎想像，對立再繼續惡化下去，對雙方都沒有好處。而這件事雙方也懂，需要找個好時機放下自己高舉的拳頭。」

「所以啦，與其往對方腦袋揮下去，不如往大海另一邊的寶山伸出去，這樣兩邊都比較開心吧？我只是想順這個便，建立自己的國家啦。」

繆里把伊蕾妮雅的計畫說得像自己的東西一樣。露緹亞同為狼的化身，很快就予以認同。

「這樣啊……的確是一石二鳥，可是沙漠的部分我還是不懂。別跟我說新大陸就在會流出辛香料的大河另一邊喔？」

古代曾有個博識之人，說胡椒和肉荳蔻等辛香料是從流入沙漠之國的大江上游沖下來的。在遠地貿易盛行的現在，人們當然知道這是胡說八道，或許那只是個比方吧。

而單純喜歡冒險的繆里，倒是驚訝地當真了。

「會流出辛香料的大河？」

請活像小狗看見骨頭的繆里先忍忍後，我向露緹亞簡單分享自己所知的資訊。

「這是因為新大陸的傳說很可能是從古帝國時期開始流傳的。但是在教會和時間的影響下，想找古帝國時期的異端知識，就只能去沙漠地區找了。」

這些話像最後一塊石磚，在露緹亞眼前鋪完了整件事的脈絡。

「原來是這麼回事，所以我就是你們的不二人選了。」

露緹亞嗤嗤笑起來。

「真是的，那我們今天見面根本是註定好的嘛。」

「咦？」

不只我驚訝，繆里也是。

「我學沙漠地區的語言有我自己的理由，不是亂選的……這部分，對了，跟繆里的傳聞還挺像的。」

忽然被她提起的繆里驚訝得像被潑了一臉水一樣。有生以來第一次被母親以外的狼叫名字，感覺就是這麼新鮮吧。

繆里甩水似的甩甩耳朵尾巴，笑著說：

「我也想聽露緹亞的故事！」

好強的繆里也叫出她的名字。露緹亞露出姊姊般的穩重笑容，輕輕坐在破爛的桌面上，瞄一眼吹送輕風的窗口後說：

「我原本是住在森林裡，住了很久很久。除了沒有名字，沒有同伴，覺得自己跟其他動物不一樣以外，沒什麼不滿意的地方。可是某一天，我救了一個差點在森林裡迷路而死的領主，他便給了我露緹亞這麼一個可愛的名字。然後我接受他的邀請到城堡去，領主夫人也很喜歡我，我的生活就從此變成天天在火爐前請她幫我梳頭了。」

雖然聽起來很像童話，原來居住在森林裡的露緹亞欣然接受城堡生活的事，倒是不難想像。

「城堡裡的生活，跟我個性還滿合的……可是這反而讓我注意到自己狼這一面的孤獨。即使有了無可取代的人作伴，他們畢竟不是狼。沒狼呼應我的長嚎這件事，我本來不太在乎，從那之後反而讓我愈來愈覺得寂寞。」

露緹亞自嘲地笑，望向繆里的腰帶。

彷彿要將自己的過去說給繡在腰帶上的狼聽。

「所以我借用領主的力量，用盡各種方法尋找同類，可是始終沒有結果。過程中，我在古籍裡發現了狼的徽記，猜想繼承狼徽的家族說不定會知道我們的蹤跡，甚至就是狼族本身。」

繆里看看自己腰帶上繡的狼，再看看我的腰帶。

繆里曾查到，使用狼徽的家族大多源自古帝國時期。

狼若想尋找族人，這年頭恐怕也只能從狼徽下手。認真追溯下去，自然會查到古帝國上。

「也就是說，露緹亞搶先我們一步嘍？」

繆里看著我這麼說之後又轉向露緹亞。

「妳是特地來這座城學沙漠地區的語言嗎？」

「不，這個……說起來，學語言算是副修。」

露緹亞尷尬微笑。「副修……」繆里低聲默唸幾次，往我看來。

「就是主要課程以外的其他課程，但不至於順便那麼簡單。」

繆里嗯嗯點頭，用充滿好奇心與順當疑問的眼睛注視露緹亞。

「我到這裡來，是為了念教會法學。」

繆里瞪圓了眼。

「咦？那妳是……教會那邊的？」

露緹亞對疑惑的繆里苦笑。

我一開始也是往這想，但轉瞬就想到另一種可能。

「是為了保護對妳好的人嗎？」

雖不及昨晚遇見繆里的程度，她仍顯得很驚訝。

「你是……怎麼知道的。」

「因為我小時候也有這種想法。當年我的村子被教會當成異端侵犯，為了保護村子，我覺得只能利用教會的力量，所以就一個人跑到這裡來了。」

露緹亞錯愕的眼神隨著融入字句，漸漸變成不敢置信的笑。

「原來是這樣……那麼聽到現在，我只剩一個地方不懂。你們昨晚怎麼會出現在那個地方？」

「很簡單。因為那晚在街上迷茫奔逃的，就是小時候的我。」

露緹亞鼓喉似的短笑幾聲，雙手扠腰大聲嘆息。

「沒錯。領主夫婦膝下無子，而且領主夫人又眼光獨到，會選擇跟覺得好玩就把在森林裡遇見的狼之化身帶回城堡裡的怪人結婚。他們都很疼愛我，不過被人疼愛這件事，真的很容易讓人陶醉。」

她的視線和狼耳都低垂下來，說不定是想起了多年前的城堡生活。

「後來時光飛逝，我所救的領主病死了。獨留於世的夫人由於沒有孩子，在領地繼承權上孤立無援。一些從來沒出現過的遠親貴族跟當地教會勾結，滴著口水要搶她的土地。要是他們得逞，夫人就會被趕出充滿回憶的領地和城堡，甚至被人用幾塊錢就打發到偏僻的修道院關到死。所以我要賭上狼的尊嚴，報答她給我一個群。可是——」

露緹亞用嘔氣的眼神看我。

「這東西在現在這世上沒什麼用了吧？」

她用食指拉開嘴角，露出尖尖的犬齒。

看起來仍比繆里成熟，或許是身高的緣故。

「學習人類社會的道理，就能得到在人類社會能發揮力量的武器。而教會法學，是其中最強大的武器。」

這世界的結構幾乎已經固定，往裡頭注水，大多會在某處匯合。

和我們有奇妙共通點的露緹亞，簡直像是我和繆里加起來一樣。

「但也因為這個緣故，念教會法學的人很多。而大家都想要的東西，就會有人想要獨占。」

露緹亞的話使我想起我們找她的目的。

「所以聽說有個叫黎明樞機的人計畫將聖經譯為俗文時，我也吐了一口怨氣。在這座城，懂教會文字的人都藉由獨占知識斤斤計較，賺取暴利。所以那些人聽說俗文聖經就快出現時，他們氣急敗壞的樣子，感覺真是痛快極了。」

露緹亞爽朗的笑容，反而透露她在這過得多辛苦。

「你們在找抄寫聖經用的紙是吧？那很好，我舉雙手贊成。」

她要甩去往事中的淚水般，說得更起勁了。

「這麼說來，你們找我也是因為課本的問題吧。希望最後能指定常見的書作課本，這樣紙坊就不必多耗紙做抄本了。」

「正是如此。」

「這沒問題，我們本來就是希望用常見的書作課本。量多的書不容易哄抬，被逼著抄寫稀少書籍的可憐小雞也能少一點。」

昨晚露緹亞等人所救的小雞就是這種事的受害者。他們之前都是被迫報恩，關在房間裡抄到手動不了為止吧。

「在黎明樞機需要幫手這部分，我或許也能提供一些幫助。我們很想改變現在這個求學需要花很多錢的狀況，不過這主要是因為我們沒錢。」

「這我明白。」

請教授傳授知識，得先準備價位不穩的課本，繳學費負擔教授的生活所需，取得學位時還要應科目準備合適的禮物。教授是一種會組織公會販賣知識的商人，並不是清心寡欲的流浪聖職人員。

「我們想打破賭課本、授予學位時需要贈送昂貴禮物等陋習。雖然這都是要學者放棄既得利益，但還是有些不願同流合汙的學者贊成這件事。這些人在王國對抗教會上的看法，應該會跟你們一致。」

露緹亞對我這麼說之後，又對繆里微笑。

「然後是沙漠地區的語言吧？」

知道露緹亞為何來此念書後，繆里似乎有點內咎。

對此，露緹亞拿出年長者的風度悠然說道：

「我不僅贊同你哥哥的目的，也覺得為非人之人建立國家的夢想很不錯。也就是說，我們利害關係一致。」

露緹亞恢復賢者之狼的面容說：

「我們的敵人，是那些滿腦子都是錢的富裕學生，以及和他們勾結的教授。」

露緹亞略帶迎接挑戰的微笑抬頭看來。

「教授會因為學費和授予學位時的禮品特別優待富裕學生。富裕學生也會憑恃他們的財力，影響教授對課本的選擇。且因為他們知道教授的選擇，可以從買賣課本中獲取巨大利益，再提供教授更多學費和更昂貴的禮物，狼狽為奸。」

貧窮學生在這之間，頂多是扮演被他們剝削每日所得的角色。

「要是不能切斷這樣的黑金循環，我們成績再好也只會落得被教授掃地出門的下場。尤其是送禮這部分最為棘手。教會法學的學位力量巨大，教授也會要求相對巨大的回報，何況現在的教授公會是把持在一群貪婪之徒手裡。要是不能改變現況，你們所需要的紙只會變成胡亂抬價以牟取暴利的昂貴課本。」

露緹亞就像是一個分析戰線調動兵馬的領主。

她所在的這個地方，其實不該稱作寶庫。

這裡，是武器庫才對。

擺在略歪書架上的雜亂紙疊，是這群沒有黃金撐腰的人，為突破劣勢而到處蒐集來的武器。

「你願意助我們一臂之力嗎，黎明樞機？」

好一匹來到這欲深谿壑的城，試圖力挽狂瀾的狼。

她再度伸出的手，不單是請求協助。

同時也告訴我們如果想逃，門就在那裡。而從旁搶先握住她手的，當然是繆里。

「當然會幫呀，因為我們利害關係一致嘛。」

繆里話說得像戰爭史詩，但腦子裡的畫面多半是劍與騎士的故事，而主角總會是我。

「呵呵，以臨時結成的群來說，實在無可挑剔。」

露緹亞開心地笑，繆里用期待的眼神看我。

不擅長裝模作樣的我，仍將手疊到兩頭狼手上。

因為她們說得沒錯，我們利害關係一致。

「那麼，我們要去咬誰的屁股？」

繆里猛搖尾巴，目光閃閃地問。

自稱南鷲幫的富裕學生集團，與獨占知識來牟利的教授公會勾結。

要破壞這利害關係並不容易，但昨晚的群架正好與這有關。

「我們救小雞當然不只是出於博愛精神。」

握手之後，露緹亞狼一般冷靜地說：

「南鷲幫都是些揮霍無度的人。既然你住在鐵與羊旅舍，就知道那裡晚上有多亂吧？」

酒與暴力，與血氣方剛的年輕人實在太過相投。

「他們能夠鬧事，都是建立在家裡送來的錢和小雞賺的錢上。負責維護治安的議會，當然也想整治這種近乎奴隸販子的行為。可是他們的揮霍，卻也撐起了城裡商人和工匠，甚至附近農村的收入。」

因此議會兩面不是人，頂多只會嚇阻群架。

「就這點來說，我們北方狼解救小雞，不僅會使南鷲幫收入減少，還能同時壯大我們的勢力，加重我們在城裡的分量。原本看不起髒兮兮的銀幣而不願教書的教授，看到一大袋以後也會動心吧。」

在這裡，學識也能當商品來販賣。

聽露緹亞說明到這裡後，繆里問道：

「那該做的事就很明顯了。」

那閃亮的眼睛和活潑的尾巴給我滿滿的壞預感。但憂心也是白搭，繆里提出的「該做的事」很快就付諸實行。

在繆里興奮地與露緹亞討論「該做的事」細節時，我回到旅舍，要向魯·羅瓦報告我們開始與露緹亞合作的事，但他不在。於是我留話給老闆，請他通知魯·羅瓦到青瓢旅舍來，然後又回去找露緹亞，可是在狩獵上動作特別迅速的兩匹狼已經離去，只留了繆里畫的醜地圖和幾句話給我。

根據地圖來到目的地後，繆里已經完全做好了戰鬥準備。

「……我是不認為妳們會有問題啦，可是這……」

在急忙將頭髮塞進頭巾，以面紗遮掩口鼻的繆里面前，我不禁這麼說。銀狼少女穿的是磨損嚴重，又被蟲蛀得很厲害，怎麼看都是遠道而來的破衣服。從頭巾底下些許空隙露出來的紅眼睛今天格外閃亮，是因為露緹亞對這身變裝所作的說明。

「沙漠地區存在著專門暗殺權貴的家族，再怎麼樣危險的地方都得去。所以經常吸某種香草的煙來去除恐懼，後來人們也用那種香草來稱呼他們。聽說這個家族，偏好這樣的打扮。」

露緹亞很快就看出繆里旺盛的冒險心，說書人似的講了這故事，繆里當然是說什麼都要這樣穿了。

只是她當然沒有讓人不怕死的香草，於是提議把狼耳狼尾藏在衣服底下。這樣流著狼血的女孩就能像古老的暗殺集團一樣，不會輸給學生。

「南方的學生都是把小雞關在某個地方，要他們不停抄書。那些書就是他們的資金來源，所以我們必須把小雞救走，而首先要把他們的位置找出來。」

「沒錯，只是找出來而已，絕對不要擅自作主救人，或是濫用暴力！」

我這樣叮囑，是因為繆里很可能真的不惜打倒負責看守的幫派大哥，救出受困的少年。而這次不只是愛操心的兄長，露緹亞也希望她依計行事。

「重要的是查出小雞關在哪裡，讓我們的人救出來。這樣才能削減敵方勢力，同時提高我們這個群的凝聚力。我知道妳會很難受，可是要忍住。」

露緹亞一邊說，一邊查看頭巾是否完整包住繆里獨特的銀髮。

繆里只會把哥哥的話當耳邊風，露緹亞的要求就聽得進去了。

「我沒有到處咬敵人的屁股，是因為除了隱藏身分之外，我還要盡可能用人的身分，在這座城和學生一起奮戰。」

群，這個字露緹亞用了好幾次，可是她在這城市率領的並不是狼群，狼的身分不適合維持這個群。

「不用再說了啦。你們兩個都很愛亂想耶。」

露緹亞對掃興的繆里露出姊姊般的笑容。

「我相信妳。」

繆里對露緹亞哼一聲，順道往我看來。

「大哥哥，你自己也要把事情做好喔，不要看到一堆書就昏頭了。」

她將露緹亞借她的小匕首插進腰間的樣子，就像在威脅我一樣。

「我沒有那麼不懂事。」

繆里聳肩表示懷疑，又惹露緹亞笑了。

「午鐘一響，上課的學生就會回到巢穴吃午餐，宿醉的學生也開始要爬起來了。最好是聽到鐘聲就停止偵察。」

「知道了。可是，這件事真的不交給我們的老鼠朋友嗎？應該兩三下就可以解決了。」

老鼠朋友指的是傳說載送亡魂的幽靈船風波時認識的瓦登一夥。老鼠化身總是搭霸王船，這種事是輕而易舉才對。

「這裡是學問之城，放了一大堆捕鼠陷阱來保護書。」

而且城鎮不比船上，有很多野貓野狗等天敵。

到頭來還是請狼變成人潛入來得安全，攻守兼備。

「如果這件事對妳真的太難，我們再來考慮。」

露緹亞也很懂得怎麼激人做事。不服氣的繆里這下再怎麼樣都會交出不必拜託瓦登的戰果吧。

「大家都知道我是誰，只能做夜間調查，效果很差。像妳這樣白天也能正面潛入的人才，一定能帶來豐碩的成果。」

夜間調查一詞似乎也撩起了繆里的心弦。

只見她狼軀一震，尾巴在北方旅人般綁在腰間的厚大衣底下搖起來。

「看妳的嘍。」

繆里對露緹亞點個頭。

「願神保佑妳。千萬不要勉強喔。」

我就此目送對我的祈禱和嘮叨白了一眼，一股腦兒跑遠的妹妹背影離去。

向第二故鄉紐希拉寫信報告旅程近況的間隔愈拖愈長，就是因為不能寫的事太多了。

「好了，來做我們的部分吧。」

我們送走繆里的位置，是南鷲幫掌管的街區中一座位在巷底的廢棄簡陋禮拜堂。聖祿早已停供，只有住在附近的失明老人不時會來打理。露緹亞把這當作祕密基地，每晚拖著狼尾尋找可憐的小雞。

她偶爾會和失明老人一起喝點薄酒聊聊天。在這裡不必注意耳朵尾巴，是能讓狼的一面得以喘息的寶貴港灣。

一問之下，才知道她白天要上課、處理賢者之狼的事，晚上還得去酒館街救助被南鷲幫攻擊的同伴、調解同伴之間的紛爭，天天過著不知挑什麼時候睡覺的生活。

所以能用來找小雞的時間很有限，即使有隻狼鼻子，計畫也遲遲無法推進。這時來個不被南鷲幫警戒，能全力協助搜索的銀狼，實在是如獲千軍。

繆里一副要把全城受困男孩通通都找出來的氣勢，露緹亞也相信她做得到，但笑容中仍泛起了憂色。

而這當然不是沒有理由。

「我們能在這生活，主要是靠善心貴族的資助。要是突然收留一大群小雞，恐怕會造成財務危機。」

露緹亞這方雖以青瓢旅舍為根據地，但也不可能收容所有同伴。有些人認為在這裡露宿街頭總好過鬧飢荒的故鄉，這樣的生活卻又容易遭到南鷲幫的毒手。

就算繆里能大顯神威，救出所有受困的小雞，保護不及的恐怕很快又會回到幫派大哥手中。

於是我出了個主意，問她願不願意賣掉武器庫裡塵封已久的書，或許能靠魯・羅瓦賣出高價。可是青瓢旅舍所保管的書幾乎是教學所需的現役武器，能賣的極少。

這時露緹亞想到說不定能借重書商魯・羅瓦的知識，並揭示這祕密基地的另一個祕密。

「把那塊地板拿起來。對，要搬嘍。」

我應其要求拆下地板。

那個讀書讀到失明的老人，將他畢生所抄寫的書籍都藏在這座城裡的人都遺忘的廢棄小禮拜堂裡。

可是那些書不像武器庫裡那些立即戰力，幾乎是古老得沒人聽說過的書，對多數學生而言不具價值，只是說不定會有寶貝。失明老人聽露緹亞說明後，也非常希望幫助那些可憐的學生。

「話說，魯・羅瓦這個書商是什麼樣的人？」

露緹亞移開木板，在飛揚的塵黴中皺著眉頭，從地板下搬出難以稱為書的紙疊，並這麼問。

「我剛認識他的時候，他在賣教會指定為禁書的開礦技術書。十多年後我們重逢時，他想請黎明樞機寫一本批判教會的書。這樣說妳懂嗎？」

露緹亞停下搬書的手，笑容像是想打噴嚏又打不出來。

「他最愛的就是危險的書。」

在某些時候，甚至看得比命還重。

「原來如此。這樣的人，說不定能從這裡挖到寶呢。」

「他說教會的禁書目錄是天天更新，書痴的興趣也像候鳥一樣。」

所以抄完就藏起來的這些書裡面，或許會有發酵得正香醇的陳年寶藏。

「……只要憑藉他的知識和買賣管道，就有機會賺大錢了。」

雅肯的書商都知道北方學生窮，向他們拜託這種事，多半會占學生的便宜。換作魯．羅瓦，應該會給予公道的幫助。

露緹亞吸多了大學城雅肯的空氣，似乎很懷疑會有這樣無欲的書商存在，透露出放不下的戒心。

「我想，他是最想看這些書的人。因為某些緣故，我在古老廢墟遇到他的時候，他還為了找可能遭人遺忘的地下倉庫，倒栽蔥摔進水溝裡爬不出來呢。」

「……真是個怪人。」

「這世上也是有藏著狼耳狼尾過日子的人嘛。」

露緹亞挑起一眉苦笑。

「大概跟就快在森林裡餓死了，結果眼睛一看到我就好奇得發亮的領主夫婦是同一種人吧。不怕我爪牙的樣子，看起來甚至有點蠢。」

那對領主夫婦，給了露緹亞名字。

他們一定是十分善良，心胸開闊宛如赤子的人。

「那麼，希望裡面會有和森林精靈一樣稀奇的東西。」

露緹亞面對搬出地板底下的書抱胸說道。

然後跟我一起記錄書名與作者，沒有的就先看看內容，記下可供查詢的線索。

一點一滴製作如此大量抄本的老人，是兒時即來到雅肯，在這過了一輩子。然而這些堪稱集其學徒人生之大成的書，大多都耐不住時間的考驗。

這座城每天都有新的博士公開學說，倡導這就是世間真理。劣質紙上一行行正文的餘白處，寫滿了老人年輕時的筆記。

例如這是新學說、與哪個註解矛盾等。經過十幾二十年，甚至更多時間而到了現代，幾乎都變成了廢棄的謬論。特別標註有望成為樞機主教的作者，我一個都沒聽過。

這樣看下來可以了解到，城裡議會的書庫藏書真的都是經過精挑細選才擺到架上。但相對地，也有很多賢人的嘔心瀝血之作不再有人回顧，轉眼便回歸塵土。

能夠串連世代的書籍，實在是少之又少。

這使我想起露緹亞曾說自己對長壕得不到回應深感寂寞。每闔上一本這些未經裝訂的書，我就想起繆里勢在必得地離去的身影。幸好她不在這裡。

這樣或許有點保護過度，但我想沒有好結局的冒險故事，對現在的繆里來說仍然太苦。要等她會喝啤酒以後，才會明白這種故事的優點。

「有哪本比較有機會的嗎？」

大致瀏覽一遍後，露緹亞遞來在廢棄禮拜堂附近井邊弄濕的手帕。

「我才疏學淺，不敢妄言……」

「你人真好。」

擦去臉上塵黴，滋潤被紙吸乾水分的指頭時，露緹亞注視著足以代表人生的書堆說：

「會來這座城的，都是流離之人。」

就連有博士頭銜，傳授其見識過活的人，以社會而言也是離群的異類。

會在教會或修道院領聖祿的相當稀少，最希望的是能受到貴族或富商賞識而受僱為智囊。絕大多數長年探究到最後，都無聲無息了。能留下傳記或著作的顯學，只有一小撮。

「他們就是漂泊到這個鎮上，藉長嚎表明自己的存在。有時會有些好奇的人被長嚎吸引過來，但不會長久。」

露緹亞撫摸褪色的封面，閉上雙眼。

「我在這座城裡真正學到的，說不定是『孤單的其實不只是狼而已』。」

「……」

據說具有尖牙利爪的非人之人大多都在討伐獵月熊時消殞了。我是想告訴她賢狼就住在紐希拉，不過我認為這應該由繆里來說。

而且我想，露緹亞會願意統率北方學生，應該不只是出於一時憤慨。是因為城堡裡的生活，讓她知道了什麼叫孤獨。

「話說這些東西，很不好收吧。」

「……我聽詩人說過，比起寫一篇故事，找地方放還難得多。」

露緹亞搖肩而笑，讓我想起繆里小時候想從倉庫裡翻玩具，想收卻發現放不回去而哇哇大哭的樣子。

「記憶這東西，一旦甦醒就會一發不可收拾呢。」

在露緹亞眼神放緩的同時，書商敲響廢棄禮拜堂的門，探入頭來。

書商將我和露緹亞整理的目錄看了一遍，表情很不樂觀。

「嗯……」

「沒辦法拿出去賣嗎？」

雖然心裡有數，但或許還是能挖到自己看不出來的寶藏。

如此稀薄的期待，就要在現實面前潰散了。

「蒐集這些抄本的，是個很認真的人吧。」

我相信魯．羅瓦這句話並不是讚賞。

「有幾本不是完全沒希望，但算上製作費和運費，頂多打平而已。會讓特殊蒐藏家流著口水高疊金幣競標的，一本都沒有。不過，市面上少見又能當教科書的，倒是有好幾本。想把它變成藏寶圖，並不是不可能。」

若能使露緹亞這邊獨占底本的書籍選為課本，就能利用製作抄本賺到不少錢。

「可是這樣……」

「對，跟你們希望從城裡趕走的黑心買賣是一樣的事。」

曾有個詩人諷意濃厚地唱道，人之所以無法維持高尚，是因為那同時也是一條吊頸繩。

「那麼……這表示我不必賣掉這些書了吧。」

露緹亞的語調並不失望，而是鬆了口氣。

或許是想讓專程趕來的書商好過一點，也像是直率地表現出一名學徒的畢生所學，並不是能用金錢所衡量。

「有些書的確是繼續沉睡會比較好。」

魯．羅瓦的贊同使露緹亞淺淺一笑，但像是為自己打氣的乾笑。

「這樣的話，要想別的方法解決吃飯問題。」

在我們如此摸索時，機敏的繆里正穿梭於巷弄之間，在地圖記下小雞的位置。

「平常除了捐款以外，還有什麼收入？」

露緹亞無奈地回答魯．羅瓦。

「到頭來，謄寫還是占了大部分。能再多接一點信件或契約書的代筆就好了。再來是偷偷躲在教授公會裡，教沒錢的商人子女讀書寫字。剩下的學生，就是做一般的工作餬口。像是去烘焙坊，或是天天忍受惡臭，幫皮匠鞣皮等。」

與南鷲幫對峙時那副德性，是因為他們就住在店舖裡。

「如果由我們為那些小雞擔保，城裡的人也會願意僱用他們，可是那一樣是要過著被錢追著跑的日子。真心想念書的孩子，其實滿多的……」

「唔唔，真是太可惜了。懂讀書寫字的認真學生，在其他城市多得是有人想要呢。」

然而求學將他們限制在教授聚集的大學城，而大學城裡識字的人多如牛毛，很難用自己的特長賺錢。把邏輯學課本背得再熟，在烘焙坊裡也沒有半點用。

因此，就算他們能在繆里的幫助下一口氣救出所有小雞，也會撞上沒錢餵飽他們肚子這個現實問題。

解決一個問題，又會面臨下一個，難以兩全。這麼想時——

他們北方狼的稱呼閃過我腦海。

提醒我以前也解決過類似問題。

「錢的問題，說不定有辦法解決。」

露緹亞和魯．羅瓦一起往我看來。我的師父過去是旅行商人，他們行商的根基，即是讓不同的土地擁有同樣的商品與需求。

「學生不是每個都想當高階聖職人員或神學博士吧？」

他們倆互看一眼，隨後宣告午課開始的教堂鐘聲遙響而來。

繆里巡了一上午後終於回來，身上滿是黑灰和蜘蛛網，不曉得是多拚。

大概是鑽進了連貓都不想走的牆縫間，潛入貓頭鷹也會縮脖子的骯髒閣樓裡了。她交給露緹亞的地圖，用木炭寫滿了字，甚至讓露緹亞誇獎的話都說不順。

「不過他們對待那些男生的方式沒有想像中那麼糟，算是可以稍微放心的地方。」

我回旅舍要了點熱水，用冒著熱氣的手帕替她擦臉。然後洗淨手腳，梳理亂糟糟的頭髮，才終於讓她完全放下當密探的緊張。

顯得神經兮兮的繆里吁一口氣，說出她所見。

小雞待遇沒那麼糟是個好消息。或許是幫派大哥也怕太過虐待，會讓小雞一天到晚想逃去露緹亞那吧。

「我學寫字那時候，你還比較壞呢。」

繆里動不動就逃走，我受不了就真的把她綁在椅子上了。

「因為有過那段日子，妳現在才能寫喜歡的故事。」

聽我回嘴，她就用三角狼耳打我綁頭髮的手。

「你就是不夠體貼啦。」

「……」

這樣又何必讓我幫她洗手腳，連梳頭紮辮都做好做滿呢。不過看她尾巴搖得那麼開心，多半只是跟我鬧著玩的。可能是很久沒這樣冒險，情緒高昂的關係。

為她還是一樣調皮嘆息之餘，我取下掛在肩上的緞帶替她綁頭髮。這條顯示身分的紅色緞帶好像是海蘭送的，綁在繆里的銀髮上特別好看。

「好，可以了。」

「嗯哼哼哼～」

她就像是第一次注意到自己尾巴的小狗，開心地摸摸辮子，然後打了個大呵欠。

「大哥哥，你說你寄信給希爾德叔叔？」

繆里手拿著小雞位置圖，表示應該要趕快去救人時，露緹亞跟她解釋了吃住問題。

或許是因為現在知道夏瓏管理孤兒院很不容易，原本總在這種時候嚷嚷快去救人的她這次不吵了。遭監禁的小雞起碼有三十人，要照顧他們生活所需，等於是開一間小有規模的孤兒院了。

這讓在這奮戰的露緹亞自嘆能力不足，可是我們有旅途上累積的管道與經驗，能幫她一把。

「孤兒的生活所需這部分，情況跟解決夏瓏小姐那邊的問題差不多。他們都是從貧窮村落獨力來到雅肯，還能夠學會讀書寫字。這麼勤奮的人，有很多地方是求之不得才對。」

北方狼讓我想到的，是伊弗和德堡商行。

伊弗決定出錢建設那所將會附設孤兒院的修道院時，就是用那些識字的優秀孩子都優先由伊弗商行僱用為條件。

伊弗的商行都能包養夏瓏的孤兒院了，德堡商行規模更大，這裡孩子又更多，或許會願意出資。

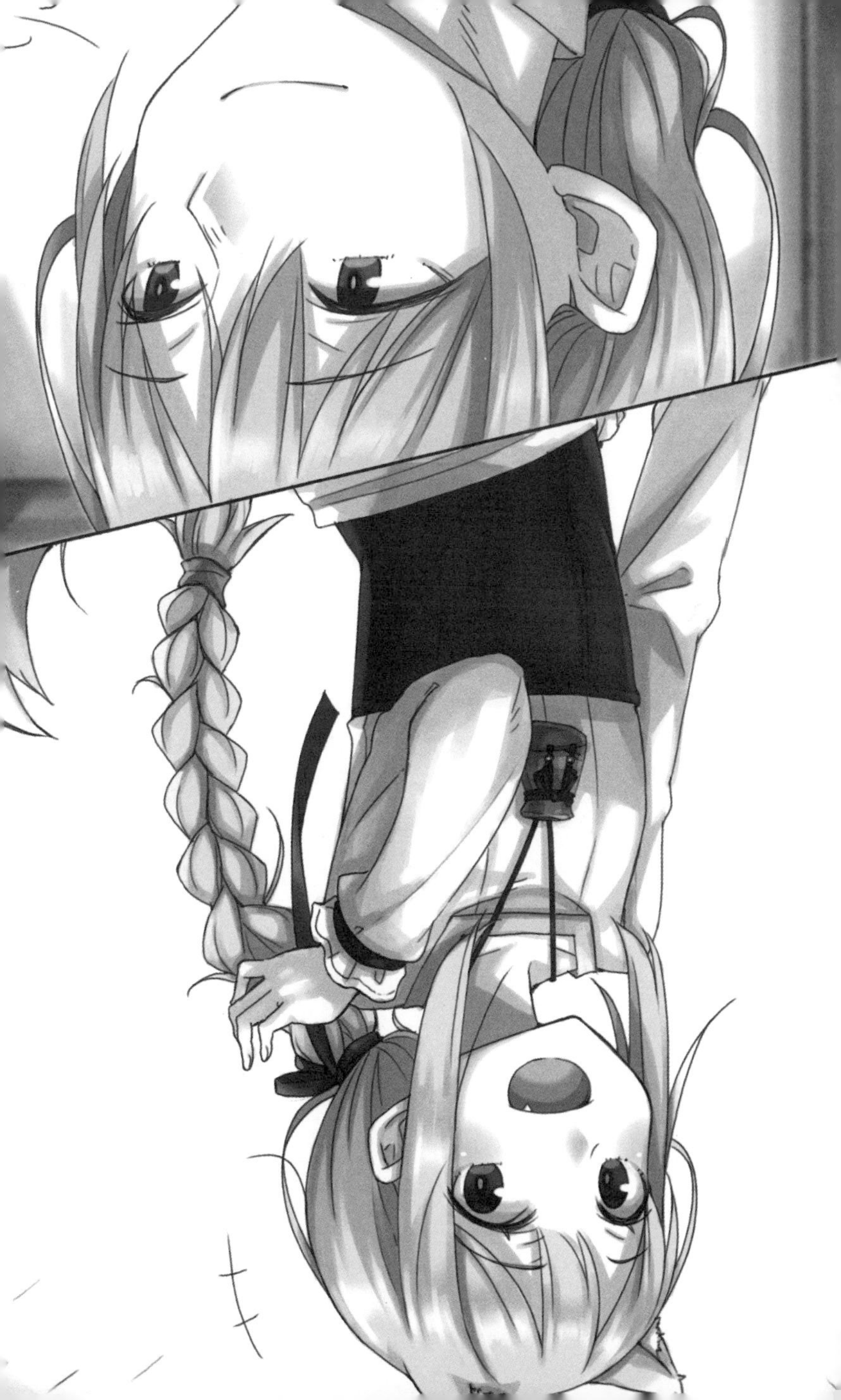

「希爾德先生他們的德堡商行，之前就曾為了拓展通路而協助海蘭殿下。應該隨時都很需要優秀人手。」

「蓋了新城塞，就需要新士兵來守嘛。」

繆里的腦袋瓜大概是想像了兩軍占地對壘之類的畫面。商行開分行打進當地市場的事，其實也差不多。

「露緹亞很驚訝嗎？」

對露緹亞總有些競爭意識的繆里，檢查戰果般這麼問。會不會以為我的手腕已經能迅速解決只靠城裡人解決不了的問題，就不得而知了。

「她是挺讚嘆的。」

其實她當時很錯愕，不曉得該不該答應，繆里見了一定會很得意。為了維護她的名譽，還是別說的好。

而且露緹亞無法靠自己找出解法，並不代表她能力差，不過是我們有不同經歷罷了。

「哼。那麼，就當這問題解決一半了吧……」

在露緹亞面前露了一手似乎暫時滿足了繆里，坐到床上吐了口氣。

然而兩腿一抬一盤，不太高興地抱起胸來。

「可是你寄信給希爾德叔叔，沒有靠臭雞他們的力量吧？這樣會花很多時間喔。」

雅肯距離德堡商行總行所在的北方城市很遠，憑藉人類社會的系統寄信給他，要等很久才會有回音。

「被魯．羅瓦先生發現也不好。」

「嗯……魯．羅瓦叔叔的話，就算知道我和娘是狼，好像也不會驚訝到哪裡去。」

感覺會興致勃勃地寫在年表上。

「我們自己就算了，這樣露緹亞小姐的身分會被他知道，也會把夏瓏小姐他們捲進來。」

繆里為無奈的人世結構聳聳她細瘦的肩。

「那再來就是幫你找幫手了吧。」

我們只是來這裡找學者，露緹亞卻近乎是想找願意無償為他們授予學位的學者。這樣的人一定是以清廉為本，思想應該會接近我和海蘭。

「露緹亞小姐有說她會替我們接洽可能的學者。」

「就是對賺錢沒興趣的人吧？一定會幫我們的啦。我最驚訝的就是跟你合得來的怪人其實還滿多的。」

繆里不敢置信地說。她的肌膚總是富有光澤，就是因為她瘦小的身體裡裝滿了膚淺的欲望，總是快爆炸的樣子。

「可是露緹亞也說，那些人都有些難搞的毛病是吧？」

大概是偵察時在狹小的地方待久了，繆里在床上像貓那樣伸展筋骨並這麼說。

「不管是怎樣的教授，請他們到城裡都是免不了花錢的嘛。像餐費、住宿費和最基本的學費這些。而且來到這裡就要加入這裡的教授公會，入會費也得幫他們打點才行。」

「……」

繆里臉上寫滿了麻煩二字。

「所以說，就算那些人再怎麼同情或認同露緹亞他們，想把已經在其他城市紮根的人帶過來也不是件容易的事。」

而且目標又是破壞這裡教授的既得利益，沒有一定決心是做不來的。也難怪露緹亞他們已經跟名單上的人溝通了很久，卻遲遲沒有進展。

「如果是跟你一樣，正義感高到煩死人的人，只要告訴他們能和黎明樞機閣下大人跟銀色騎士一起修理邪惡教會，一定馬上就衝過來了。」

刻意給黎明樞機閣下加上「大人」聽起來很蠢，問銀色騎士是誰就更蠢了。

我是很想說，這世上的人沒有妳那麼莽撞，可是這野丫頭恐怕不會懂。

「啊，你變成教授不就好了嗎？」

「啊？」

我用白眼要她別說傻話，可是繆里卻懶得理我。

「對，這樣就行了！露緹亞需要那個叫學位的東西是吧？這樣馬上就能給她了。露緹亞也能用學位解決家裡的問題，然後跟我們一起到沙漠地區去！」

無比熱愛冒險的繆里，視線似乎已經射向遠在日出地平線另一邊的沙漠地區。

「啊……可是這樣你就會變成露緹亞的師父了……」

繆里的狼耳和嘴巴突然一歪。

「好像不太好。」

不曉得她把求學的師徒關係看成什麼樣了。看來不管怎麼樣，有外來的狼進入她的地盤就是會讓她不舒服。

「迦南小弟就感覺很那個了。」

迦南對黎明樞機讚不絕口，似乎讓繆里很不是滋味。跟小時候平常不感興趣的玩具一旦有人想搶就死抓著不放一個樣。

「那你有寄信給迦南嗎？他在幫我們調查跟教～會～對戰的事吧？」

「不是對戰，是大公會議。」

用怪腔怪調說「教會」，說不定是不能參加騎槍術比賽，就用妄想在議場上揮劍來洩恨。

「我在離開溫菲爾王國之前，就已經寄信跟他說要去雅肯了。現在可能剛收到信，在想怎麼回信吧。」

大公會議是近乎百年一度的大事，調查起來應該很費工夫。

祈求神幫助迦南後，繆里一臉沒趣地捏下尾巴毛球，遠遠彈開。

「回信是吧。」

我不懂這是什麼意思，呆望著她。洗過澡而徹底放鬆的狼，就這麼鑽到被窩裡去。

很快就聽見鼻息的我嘆口氣，收拾繆里脫得一地的衣服。

第四幕

繆里很快就查出小雞關在哪裡，他們的餐費問題也可望解決，再加上能與黎明樞機一同對抗教會，那些難請的教授或許會願意來到雅肯。

這讓繆里興奮地覺得，露緹亞他們遲滯不前的進度將因此前進一大步——但這已經是十天前的事了。

「到底要等到什麼時候啊！」

失明老人所整理的廢棄禮拜堂裡響起繆里的抗議。

聲音大得都能把灰塵灑在集會者頭上了，露緹亞依然冷靜應對。

「德堡商行的回信還沒到。只知道把人救出來，卻讓他們沒得吃沒得睡，不只是他們很快又會回到幫派大哥那裡去，也會傷害我們的名譽。就算一次只救一、兩個，一樣會引起南鷲幫的注意。要做就只能一次解決，不然沒有意義。」

「等這麼久了還不行喔！之前找到的位置都可能已經換掉了，而且他們可能已經抓更多人過去了耶！」

十天對急性子的繆里而言，已經是忍得很努力了。

而且雅肯地處南方，每過一天，都能切身感到夏天又接近一步。

讓這個在雪天都能開心亂跑的少女更是坐不住的季節就要到了。

「到時候再找就行了，這難不倒妳吧，對不對？」

露緹亞統領著一群血氣正盛的少年，很習慣安撫躁動的心了吧。

但雖然露緹亞好聲好氣地說，這樣哄仍止不住野丫頭的激情。

「露緹亞大笨蛋！尾巴都是蝨子！」

「呃，這……」

「繆里！」

繆里頭也不回地跑出廢棄禮拜堂，叫也叫不住。

露緹亞被罵得愣了一會兒，忽然放出尾巴撥毛檢查。看來那種話對有毛的人殺傷力很大。

「我晚點再訓她……」

聽我這麼說，露緹亞放開尾巴，顯得有點慌。

「喔不，是我自己太不中用了。」

她一邊說，一邊往尾巴再看最後一眼就收起來了。

「要是沒有你們，我連這種大規模救援都不敢想。而且你的同伴一樣是非人之人，對教會更是牙癢癢的吧。」

算起來，會覺得牙癢癢的是繆里吧。

而且對矢志投身聖職的人來說，這種事有制式回答。

「我是讀聖經的人，早就已經習慣質疑了。」

神不過是寫在紙上的東西，從來就沒有幫過任何人。

讀聖經的人，沒有一個會因為這種怨言或譏諷就對信仰產生質疑。

露緹亞愣了一下，然後搖肩而笑。

「這方面的話好像會批評到你們的神，還是不要說好了。」

我也笑著同意聰明的狼。

「那麼，今天找你們來為的不是別的。我用快馬派給學者徵詢意願的信，今天得到回信了。」

我的心隨期待跳了一下，可是見到露緹亞給出信件的表情就能猜到內容了。

「直接提到你們很危險，所以我是問他願不願意協助我們對抗教會的弊病。」

打開一看，裡頭是寫得很匆忙，怕被人看見的潦草筆跡。

「可以為了對抗利用學識欺負貧苦優秀學生的貪婪之人挺身而出，但無意對抗教會……」

滿篇的解釋，說穿了就是這麼一句話。

「努力修習博雅教育，再往更高的教會法學走的人，目標不是高階聖職人員，就是貴族私人禮拜堂的祭司。曾和教授公會槓上，是值得誇耀的實績，和教會起衝突就恐怕是汙點了。」

露緹亞無力地靠到長椅背上，我折起信輕聲嘆息。

「教會能有那麼多誰都知道不對的弊病，就是這種事累積起來的結果。」

「你也習慣了這種牙癢癢的感覺嗎？」

「很遺憾。」

答話後又往信紙看一眼，是因為我和繆里就是在憤慨中從不輕言放棄，一路解決困難到現在的緣故。

「不過，我有個提議。」

「提議？」

「寫這封信的學者，感覺似乎很年輕。」

露緹亞驚訝地坐直起來。

「你怎麼知道？」

「因為信上有很多最近的聖經注解常見的用句。我想他現在在做的，很可能就是大聲疾呼世間的真理，試圖讓人知道他的存在。這樣的話，以取得聖祿為優先也無可厚非。所以——」

我又看了看筆跡堪比繆里的信，說道：

「下次找年長一點的怎麼樣？最好是望天的時間比眺望凡塵還多的人。如果是木訥的白鬚老學者，也比較容易受到城裡教授公會接納。」

不要一開始就明著要他們來雅肯扒開長年累積的學界惡瘡，先帶他們進來當暗樁，之後再慢慢擴大他們釘出的孔洞，應該不是行不通。

「原來如此……為了對抗既得利益，我找的一直都是感覺很有骨氣，盛氣凌人的人……從來沒想過，外表弱小才容易潛入敵人眼皮底下。」

露緹亞輕笑道：

「你這麼小心，真不像繆里的哥哥，不過你說得對極了。看來我是被戰鬥就是要用劍的想法綁死了。」

「真要說的話，我才奇怪自己的妹妹怎麼會是那樣呢。」

這讓露緹亞大聲笑出來了。

很高興自己幫得上忙，折起信紙交還露緹亞時，我停下了手。

「怎麼了？」

正要接信的露緹亞疑惑地盯著我看。

「可以讓我回這封信嗎？」

錯愕的露緹亞感覺年紀特別小。

「我來到雅肯的其中一個理由，就是想和世間的顯學切磋看看，了解自己的實力是什麼程度。」

這位氣昂昂的筆者，應該夠我試試身手。

繆里寫的胡鬧騎士故事裡，也有不少交過手而產生友情的例子。

「這……是沒關係啦。可是……」

也難怪露緹亞會這麼不知所措，但總歸是答應了。我向她道謝，將信收進懷裡。

教堂午鐘響起，露緹亞仰望天井再往我看。

「我還有事，先告辭了。找幫手的事，我再試試看其他方向。」

「如果接到德堡商行的回信，請盡快通知我。」

露緹亞點點頭，請我代為向繆里道歉後走出廢棄禮拜堂。正當我要離開時，魯・羅瓦正好進來了。

「不好意思不好意思，我來晚了。」

今天集會的事也有告訴魯・羅瓦，可是他跟城裡書商有約，原本以為是來不了。

「咦，令妹呢？」

「問題沒辦法速戰速決，她一急就跑掉了。」

魯・羅瓦捧著碩大的肚子笑，不讓它掉下來。

「這場仗都花了賢者之狼那麼多時間，不是一朝一夕就能改變的啦。」

繆里寫不膩的騎士故事總是快刀斬亂麻，或者說荒誕無稽地解決難題，說不定是寫到以為現實也這麼簡單了。

「但話說回來，城裡人也很急的樣子。」

魯．羅瓦是一大早就在城裡大步打轉吧，他嘿咻一聲坐到長椅上說：

「與製書有關的商行和工坊，都因為大學城最熱門的教會法學課本遲遲定不下，快要受不了了。北方狼的抵抗運動，會開始受到民眾的反彈。」

這城裡不是只有露緹亞他們想整治蠻橫的南鷲幫。市議會為了維護治安，有人在設法制住他們，也有些有力貴族是單純希望求學環境能一步提升。露緹亞也確實與他們取得了聯繫，所以才能堅持到現在。然而課本到了春夏交迭的這個時節都還沒決定好，必然會對城裡每個角落造成連帶影響。

「就連討厭賭課本的商人或工匠，也會因為這件事賺不了正當的錢啊。」

一旦現有的這些教授屈於壓力而一個個開始授課，選課本以利為先，要求以高額禮品換取學位的事就要重演，露緹亞這些窮學生又要被打回吞忍的日子。

想幫露緹亞他們，並不是因為她和繆里一樣是狼的化身，而是正義顯然站在她這邊。

可是在沉默短暫降臨廢棄禮拜堂後，魯．羅瓦說道：

「寇爾先生，請別弄錯我們的目的。」

髮色花白的魯．羅瓦並不是第一次對我諫言。或許是出於長輩的責任感，他最近常在繆里不在時說這樣的話。

露緹亞與旗下學生所面臨的問題的確是個弊端，但在此著眼太深，反而會忘了自己還有更重要的事要辦。我們不過是為了匡正教會，來到這裡找紙，並尋找願意在可能召開的大公會議上與我們並肩作戰的同伴。

在尋找懂沙漠地區古帝國知識的人，以探索新大陸這點上，放棄露緹亞，到其他大學城去找說不定還更快些。

之所以還沒打包，是因為已經告訴迦南我在雅肯，等待他和德堡商行回信，給了我留下的藉口。

「……其他書商怎麼說？有聽到大公會議的風聲之類的嗎？」

我沒有正面答覆魯．羅瓦，先用這問題把話接下去。

「那些包打聽都還不曉得這件事，看來事情還沒到那個階段的樣子。可是每個人都覺得，用教會文字寫的書庫存愈來愈多。一旦俗文聖經面市，大部分人學教會文字的理由就不見了，還會成為學習教會文字最強的課本呢。這消息顯然是撼動了教會文字相關學識的寡占利益。」

意即迅速擴張俗文聖經，將一夕打垮寡占教會文字學識，仗恃教會權威欺人者的城寨，甚至打擊教會跋扈的態度。

魯．羅瓦天天從書商那蒐集情報，對氣氛的變化肯定比我敏感得多。所以我必須盡快設法確保紙源，將俗文聖經散布出去。

再說我不過是個路經此城的旅人，就算能幫露緹亞這一次，也難有下一次。既然再過不久就要走上下一段旅程，該割捨的就該早點割捨。

魯．羅瓦為小雞的境遇憤慨的同時，長年經商的經驗似乎也讓他察覺這問題是如何盤根錯節。再加上我們需要視教會對世局的影響調整路程，這幾天他顯然逐漸傾向「商人的正確」，只是沒有明說而已。

當然我也知道不是這樣就不好，所以只能重重嘆息。

「既然我都自願來扶持您了，自然會以您的抉擇為重……可是時間面前人人平等，就連神也無法倒轉逝去的時間。」

「……我了解。」

兒時和他一塊旅行的路上，他好像也經常這樣告誡我。

而他似乎也想到同一件事，忽然和藹微笑，想轉換氣氛般爽朗地說：

「那麼不好意思，我又該走了。這兩天會有商隊到這裡來，我再跟他們打聽打聽。」

特地來廢棄禮拜堂一趟，說不定是為了叮嚀我對露緹亞這件事得適可而止。

「例如更內陸一點的地方有什麼消息。」

魯．羅瓦沒有強迫我立刻作決定，但顯然是已經在準備下一段路了。雖然他十分可靠值得信賴，是個難得的旅伴，但判斷事物的觀點與我截然不同。我還不夠成熟，難免會覺得他的決定太冰冷，或是遭到背叛。

「麻煩您了。」

我也站起來，盡力不讓自己只能等待的困窘顯露在臉上，目送魯・羅瓦離去。當魯・羅瓦在狹窄巷子裡走得小心翼翼的背影消失後，熟悉的少女臉龐從斜對面巷子探出來。

我想她是先前負氣而走，現在不好意思進來，而她表情的確是不太高興，可說的卻是：

「大哥哥，午飯呢？」

「……」

我沒有直接回答，先給空無一人的廢棄禮拜堂關門。

「妳沒吃夠啊？」

走過去，發現她一身都是我也能清楚聞到的炭火味。肯定是跑出廢棄禮拜堂就上了大街，找個攤子怒吃了一頓。

「我是怕你沒吃啦！」

「我知道。」

我明白繆里對露緹亞生氣，一部分是出於對我的關心。她是個聰明的孩子，想必看得出我正夾在魯・羅瓦的合理判斷和想要幫助露緹亞之間。

也知道我這個沒用的哥哥一有心事，就會煩惱到忘了吃飯。

面對這樣的繆里，我努力不讓表情透露出我和魯．羅瓦有過怎樣對話。可是沒走幾步，我發現自己的手不知不覺地和繆里牽起來了。

看看手，再看看繆里。她表情不太情願，看來是我下意識牽起了她的手。

「大哥哥，你真的很愛撒嬌耶。」

想不到我也會有被繆里這樣說的一天，苦笑都僵了。

「我是怕妳又會突然跑掉。」

我連同罵露緹亞滿尾巴蝨子的事刺她一下，繆里立刻用肩膀頂過來，但沒有放手。

「大哥哥不只愛撒嬌，心眼還很壞。」

才剛漲滿了氣的繆里忽然洩氣似的說：

「看到露緹亞以後，我好像知道爹娘他們為什麼不繼續旅行了。」

「咦？」

走在身旁的繆里算不上喪氣，比較像是忽然長大幾歲的樣子。

「因為我和露緹亞要是真的發飆，兩三下就能擺平這座城的問題了不是嗎？」

若忽略細節，是事實沒錯。

「同樣道理，要是娘以前和爹一起旅行的時候要起狠來，就能跟哈斯金斯爺爺一樣，把那個傻呼呼的爹變成國王了。可是她沒有那麼做，不是嗎？」

露緹亞曾拉開嘴巴露出尖牙，說它在這年頭已經派不上用場。

所以她在這座城能做的，頂多是統率城裡野狗對付南方鷹鷲。而且還得給自己找藉口說曾經陪領主打獵，所以懂得馴狗。

假如她能恣意發揮狼的力量，要把南鷲幫的人一個個宰了，剷平其勢力也不是問題。不，她大可為了保護為她取名的領主夫婦，直接咬死貪圖他們領土的人，根本沒必要繞遠路來學教會法。

可是露緹亞沒有選擇這條路，而是在青瓢旅舍指揮野狗。

這是因為她知道用狼的方法直線殺出一條血路，成果會相當有限。知道一旦祭出獠牙利爪，就再也無法和好心的領主夫婦在火爐前共享天倫了。

先前的對話，她用了幾次「牙癢癢」這個詞。

露緹亞是真的把牙收在嘴裡緊緊關上，咬牙忍耐。

「村子外的世界那麼大，爹娘他們原本不也是在廣大的世界開心冒險了很久嗎？所以我一直不懂他們最後為什麼會變成躲在深山裡，看到露緹亞以後才知道為什麼。」

對於繆里硬是跟我來冒險這件事，她母親賢狼倒是挺贊成的。

繆里認為傻哥哥需要聰明妹妹的幫助才不會被殘酷的世界生吞活剝，我也覺得賢狼赫蘿也是替我操這個心。

然而到了這一刻，我才總算微微察覺那條亞麻色尾巴的用意。

會不會是認為跟我下山，會讓繆里學到獠牙利爪的極限，明白自己跑得再快，旅伴跟不上也是枉然；在沒伴能一起跑的世界裡，依靠獠牙利爪過活就等於孤單一世。

「可是……」

繆里的手握得更用力了。

「露緹亞為什麼能忍到這個地步呢？」

她忍了十天不去救小雞，最後臭罵幾句跑出廢棄禮拜堂，我相信這是發自內心的問題。

我們至今遇見了不少非人之人，他們都深深融入了現在的人類社會，但仍極力隱藏另一半自己不被人類發現。

可是露緹亞卻完全沒入人類社會，在其中拚命對抗風暴。

不知咬過多少脆弱的人體，不開心就露出獠牙低吼的繆里，說不定是對這樣的耐力懷起了敬畏之心。

「這是因為露緹亞小姐太善良了。」

「……」

在這裡嘗試取得學位的過程中，她了解到世上各個角落都暗藏著不公不義。可是她也知道領主夫人在爐火前替她梳頭的溫情，相信靠暴力解決是不對的。所以她要用領主夫婦對待她的方式對待同伴，幫助貧窮學生。

群，她常用這個字。

露緹亞只比繆里高半個拳頭，卻有這樣的遠見。

希望繆里能見賢思齊，跟她多學一點。

至於我，只要盡可能幫助她就好。

想到這裡，我發現繆里正抬頭盯著我看。

「大哥哥你也不要只是好心，要多學學露緹亞的堅強喔。」

「咦……」

傻眼卻無法反駁的我立刻反省。我自己該學的也多得很，有什麼立場希望繆里見賢思齊呢。

剛剛與魯．羅瓦想法上的歧異就證實了這一點。

「……幸虧有妳的觀點，我學到了很多東西。」

繆里稍微睜圓眼睛，或許是驚訝我這麼簡單就屈服了。小狼賊賊一笑，臉頰在我手臂上蹭了蹭，然後用力抱住。

「跟你說喔，我在大街上看到一家店在賣好像很好吃的雞耶。」

要是這裡沒人，尾巴都已經放出來甩了吧。

我無奈嘆息，為她沒有太把露緹亞的事放在心上鬆口氣。

「不可以吃太多喔。」

「好～！」

就只有這種時候，回答得特別有精神。乾笑之餘，我發現她盯著我胸口瞧。

「你身上……好像有露緹亞的味道。」

口氣像嚴格取締走私的城門衛兵一樣。

「啊，是信啦。她找學者幫忙，今天接到回信了，現在換我來寫信說服他。」

與顯學切磋，即可了解自身實力。出發之前，迦南是這麼說的。

繆里也像是想起了當時的激勵，往衣服底下的信聞了聞，最後哼了一聲。

「真的什麼都瞞不過妳。」

「哼。」

在紐希拉的溫泉旅館，前旅行商人也老是被賢狼揭穿。

小賢狼又得意地再一次噴噴氣，挺高胸膛。一起吃完午餐，要回鐵與羊旅舍時，繆里忽然在門前停下。

「怎麼了？」

她用複雜表情注視門的另一端，難得放開最近牽得很緊的手，不高興地抱胸看來。

「看吧，人家怎麼可能只是回信嘛。」

「？」

這是在說什麼，沒頭沒腦。但之前好像有說過類似的事。

「而且……怎麼說，感覺像小狗一樣興奮得不得了。」

看繆里又聞了聞氣味，我把「妳還不是一樣」吞回去並推開門，馬上就明白了她的意思。

「寇爾先生！」

坐在空蕩一樓酒館桌邊的人物跳起來，都快把椅子推倒了。

尋找強時認識的護衛也看過來，僅以眼神致意。

「迦南先生……？」

「這邊的進展怎麼樣？喔不，先把我該說的——」

寡言的護衛先一步打斷了迦南的話。

「請先回房。」

一臉旅塵的迦南這才回神過來。

害羞地清咳兩聲，端正儀態。

海蘭曾說，迦南在我面前總會特別拘謹。

我也漸漸知道，繆里為何一看他誇我就會漲大尾巴了。

「我有好消息。」

迦南用燦爛目光催我趕快進房。

盛情逼人的他，真的像小狗一樣。

迦南不只是臉上明顯有汗痕，回房的路上，我也注意到他膝蓋以下沾了不少泥土，多半是陰雨之中也馬不停蹄地直奔雅肯所致。就連魁梧護衛的鐵面皮底下，也透露出趕路的勞頓。

進了房，繆里推開窗，也推開了迦南的嘴。

「要召開大公會議了！」

那股勁兒使我想起差點在十字路口撞上貨車的事。

迦南眼中的光芒，大概是來自旅途勞頓的反彈。

繆里在他背後推椅子給護衛坐下，護衛唏噓地坐下。

心想自己聽繆里說了一堆荒唐事後也差不多是那樣子時，我發現迦南直勾勾地盯著我。

「要召開大公會議了，寇爾先生。」

激動說話的迦南看起來格外年少，甚至讓我覺得假如繆里有個雙胞胎兄弟，肯定就是這樣子。

「……聽起來不像是壞事。」

我慢慢說話，希望他慢下來。而迦南用力點頭，臉上堆滿笑容。

「對，真的不是壞事。所以我想盡快告訴您這個好消息！」

雖然我們從溫菲爾南下了好幾天才抵達雅肯，但距離教廷還是有很長一段路，不是能說來就來的。他肯定在教廷查到了確實的根據。

「大公會議是真的。幾乎是開定了。」

這場近乎百年一度，訂定教會主要方針的大公會議，議題無疑是教會與溫菲爾王國的衝突，以及民間的凌厲風向。

想到我在那裡多半會被視為教會眼中釘，再謹慎也不嫌多。

「不是壞事這點是怎麼說呢？這我有必要弄清楚。」

突然來到溫菲爾王國勞茲本的怪異旅人，指名邀請黎明樞機參加大公會議後隻字不語。請敵人參加這種重大會議，為的是什麼呢。

就算我再憨厚，也不會認為這是場和平的溝通。

而迦南的回答是——

「教會中樞，就快要瓦解了。」

人就在中樞裡的神之忠僕，居然會說得這麼開心。

可是我很了解迦南只是耿直，不會當那是大逆不道的異端思想。

「聖經有言，別用舊囊裝新酒。如今舊惡搖搖欲墜，神賜給了我們重建清善的大好機會啊！」

「這……」

我先往始終冷靜的護衛看。他手拿著繆里給的飲料，注意到我的視線後點點頭。

接下來有個略感堅硬的咕嚕聲，會是命運的齒輪開始轉動了嗎。不，不自覺地握住迦南雙手後，我發現那是自己嚥下口水的聲音。

「您的奮鬥正在開花結果。為正義發聲的殘響，無疑是早已響徹大陸，傳進許多人心裡了。」

迦南說到這裡，從懷裡取出一本小簿子。

紙張皺軟，顯然是翻過無數次。

「這是您敢於分發至城鎮中的俗文聖經的抄本。我在返回教廷的路上繞了幾個地方，全都能見到這樣的抄本。」

消息有時跑得能比旅人還快，真是不可思議。

那是我們剛離開紐希拉，第一次和海蘭對抗地方教堂時送出去的。

能夠流傳到這麼遠的地方來，表示不滿教會蠻行的人就是這麼多。

曾經還認為匡正教會是個過大的夢想，自不量力的戰鬥。

但現在看來，這段旅程絕沒有白費。

「咳哼！」

繆里看我的手和迦南握著不放，極其刻意地大聲乾咳。側眼一看，她一臉不高興地斜倚著牆。就只有這種時候，她才會露出受不了男生的女孩臉龐。

「寇爾先生，您必須出席大公會議，並且——」

虔誠的信徒說道：

「化身為神的鐵鎚。」

為建立清流，得先破除惡弊。

「可是我們必須先做好完全準備。要是錯過這個好機會，恐怕就再也無法重整教會，只許成功不許失敗。」

我撇開繆里的冰冷視線，轉向迦南。

「是，我明白。」

「那麼，我們什麼時候啟程？」

上戰場之前，該做的準備仍堆積如山。

對像是這麼說的迦南，我以「其實」起頭，說明現況。

　　我想幫助貧窮學生求學，切斷雅肯的富裕學生與貪婪教授的共生關係，徹底翻新求學之道。為此，需要將一批認同廉潔思想的教授送進教授公會。

　　與露緹亞想法共鳴的人不是沒有，但礙於現實，不是說來就能來。畢竟有膽量對抗滿是敵人的教授公會，秉持奉獻精神為貧窮學生授課的人，能有多少呢。同樣的工花費在富裕學生身上能得到高額學費，授予學位時還有厚禮可拿。當學生繼承家業，或成為有頭有臉的人物時，說不定還會給恩師安插個高薪又載譽的職位。

　　除了露緹亞狼之化身的身分，我將一切都告訴了迦南。這當中，繆里去樓下酒館為迦南拿了些餐點上來。一道啃起肉脂橫流的豬肉時，迦南猛一拍腿站了起來。

　　「這沒問題！」

　　然後又說：「應該是沒問題才對。」

　　「我有聽說大學城內有些妨礙進修的現象在蔓延。太可惡了，怎麼能跟這種下流思想同流合汙呢。」

　　他扶額嘆息的樣子，帶了點出身高貴的優雅。

　　然而我不懂沒問題是什麼意思，甚至不確定是不是有哪裡誤會了。這時，這位有神童之稱的少年如此說道：

「像這種事，我的同伴會很樂意提供協助。」

「咦？」

不禁懷疑的我，很快就明白了迦南的意思。

因為這位風塵僕僕，為報告喜訊而兼程趕路的少年，是來自族譜裡出過好幾位教宗的世家。

而且他還是在教廷裡學識最集中的地方工作。

「您想找可以不求回報授課的人，來代替那些利欲薰心的教授沒錯吧？我們那裡多得是，而且學費禮物全免。這種可以暢述神學，還會有一大群人誠心傾聽的工作，他們說不定還會爭到吵起來呢。」

迦南那群人是在宛如迷宮的教廷書庫，管理教會所有文書。或許是因為這部門最不起眼，又個個學富五車，比誰都看重維護神正確教誨的重要，所以在大多是看錢說話的教會裡力量非常薄弱。

當然，這些人幾乎是來自高貴家庭，別說不愁吃穿，也不需要為將來的出路汲汲營營。

而且他們還具有為匡正教會弊病身先士卒，抱著必死決心將迦南送去溫菲爾王國的勇氣。

那麼繆里口中那種意志堅決，只要能幫助黎明樞機重整教會就會樂於來到雅肯的學者團體，肯定非他們莫屬。

「我立刻著手安排。可以先告訴我，這裡的教授公會具體上是什麼樣的組織嗎？聽說有的會有入會口試，您有聽說過內容嗎？需要先擬定完整對策才行。」

聽迦南這樣說，我不禁愣笑。因為可能獲選為課本的神學書裡，有些說不定就是迦南的同事所著。即使沒這麼剛好，遊走於大學城之間的神學或教會法學教授，最後的目的都是教會的高階聖祿。

一旦教會中樞派人過來，誰會拒絕他們加入呢？

「請告訴那位為貧窮學生而戰的高潔少女，我將代表我們教廷書庫管理部，提供畢生所學。」

這解法好得不能再好，甚至得讓人懷疑是否真該就此接受了。

「對方叫南鷲幫是吧？他們低劣的操行簡直不可饒恕，我會設法將其惡行通知他們的父母。太可惡了，囚禁走投無路的小孩子強迫勞動，根本是惡魔之行！更遑論拿課本這學習的食糧賭博了！」

想到他們父母冷不防接到教廷痛斥其子行徑的信，使我這外人也不禁一怔，差點就想請他高抬貴手。

「課本候選名單中，如果是比較知名的，教廷書庫會有一大堆其他版本的抄本，多到都嫌占位置了。若能提供給學生使用，神一定也很高興，這樣課本也就解決了。」

這讓我想起沿著雅肯大街找書時，書商要我洩漏關於選課本的消息。

如果轉告他這些事，他會信嗎？

我看他不會給我寶貴的沙漠地區書籍，只會給我幾塊錢打發我走吧。

「不過，盡可能多找些夥伴和您一起參加大公會議這件事，就要再研究了。那位小姐叫露緹亞是嗎？如果能問到跟她志同道合的學者，我可以透過各地教會的管道找找看。若再借重魯・羅瓦先生的力量，還能聯繫到對俗文聖經深感興趣的有力貴族，這樣就能以萬全的布陣應戰了！」

在溫菲爾王國，迦南常顯得惶惶不安，回來大陸這邊就如魚得水了。背後有權能組織能夠倚仗就是這麼回事。

「來，寇爾先生，我們走吧！」

迦南臉上泛起耀眼光采，伸出手來。

經過憋得牙癢癢的十天，他的到來居然一口氣解決了許多問題。

真可謂是我旅程中獲得的貴重財產。作夢也想不到，我竟能這麼幸運。

面對激動到濕了眼眶的迦南，我緊緊握住他的手。

會覺得那興奮有點似曾相識，是因為他的手明顯在發熱。

「啊。」

已有預感的我身體自然就動起來，抱住腿軟倒下的迦南。發燙的體溫，肯定不是因為熱情。

「請恕罪。」

和繆里吃著輕食的護衛唏噓起身，神情像發現陷阱逮到野豬的獵人，要等牠掙扎累了再接近。護衛從我手中接下迦南，輕輕扛上了肩。八成是路上護衛勸過很多遍，可是迦南執意不休息，以行軍方式直奔雅肯。

「其實看到他這麼賣力的樣子，倒也不壞就是了。」

寡言的護衛這麼說完，生硬地微笑一下。這是跟屈居於教廷時相比吧。接著他又收起表情，默然致意。

繆里一開門，他就扛著亢奮不已，彷彿在夢裡仍在對話的迦南慢慢走出去了。繆里跟到走廊上送行，最後無奈地關上門，往我看來。

「他該不會其實是女生吧？」

雖然她現在不會吵著要嫁給我，但還沒完全放棄的樣子。

她靠近我抱住迦南時胸口接觸他的部分大力聞了聞，然後像是要抹上自己味道般抱上來。

確保自己的地盤不受侵犯後，繆里有點擔心迦南，到他房間看情況去了。問是否欠些什麼，護衛卻很客氣地說睡一覺就會好，讓她不太高興。

她對迦南雖警戒到懷疑她是女生，當作入侵她地盤的人，同時也是前來雅肯前一起在伊弗的屋子裡看地圖聊冒險的同伴。而她當然也明白，有個志趣相投的旅伴是多麼可貴的事。

她用有話要說的眼神看著我，我便請旅舍老闆送些蜂蜜或水果等，對疲勞發燒有效的東西過去。

繆里連發燒時也想吃流油的肉，嫌那些是給鳥吃的，補不了身子，可是見到老闆拿來的帳單就閉嘴了。不，原來是封信。

「不久前送到的。」

蠟封捺的是伊弗商行的印，紙卻是高級羊皮紙，應是海蘭寫的。在繆里催促下回房拆開後，裡頭果然滿是海蘭的筆跡。

「呃……是關於印刷聖經的事。」

即使在紙和送信費上花了不少錢，前半卻都是擔心我們旅途是否遭遇不便，有沒有受傷，旅費夠不夠，繆里有沒有吃好吃的東西，後半才總算稍微提到正事。

「她說試印進行得很順利，要我們早點買紙過去耶。」

從旁探頭的繆里粗暴地下結論。

「你看，還是早點打垮南鷲幫比較好啦。」

才剛從露緹亞的堅忍學到非人之人的處世之道，又本性難移地露出狼尾巴了。

不過討厭事情拖沓的不是只有繆里，魯．羅瓦也勸我想清楚要處理這座城的問題到什麼時候。

「聽到迦南的主意了吧？這肯定會是重大的進展，德堡商行的回信也應該快到了。這樣露緹亞小姐也有力量執行計畫了。」

「唔……」

變回狼把壞人屁股全咬一遍，把信綁在鳥或鯨魚背上，一下子就把信送到遠山另一邊等，繆里的腦袋瓜裡有一大堆這種迅速的解法。大概是現在也仍在按捺想立刻出動的情緒，不滿都體現在每晚埋頭努力寫的騎士故事上，筆跡變粗了，睡相也特別粗魯。

「話說回來，我是打算等迦南先生康復以後再告訴露緹亞這件事……我們把先調查好比較方便的事處理掉吧。」

首先是教授公會的具體結構和動向吧。或許也該深入了解雅肯的腐敗程度。如果這裡的教會也是專刮油水的罪惡窠巢，聽說迦南他們的人來此執教，或許會以為是異端審訊官來了，引起不必要的懷疑。

盤算是不是該交給魯．羅瓦來辦時，我發現繆里正盯著海蘭的信看。

「妳是嫌她沒有一併送上好吃的土產嗎？」

一聽我唸人，繆里的狼耳直直豎起來，尾巴沙沙地甩。

「才不是！是味道……」

「味道……」

她剛才還抱過來，要蓋掉迦南的味道。

信裡寫滿了海蘭的熱誠，還以為是地盤意識又被挑起來，結果並非如此。

繆里擦擦小鼻子，再度湊近信紙大力聞幾口。

「有海……跟腐木的味道。」

「？」

「還有馬的味道，和乾燥的風的味道。」

繆里閉目低語，像個品嘗高級葡萄酒老饕，分析吸入的空氣。

「有冒險的味道。」

信是在溫菲爾王國的勞茲本寫下，透過船運，想必還進過馬背上的行囊，千里迢迢來到雅肯。每行經一個地方就沾染上不同氣味，繆里聞到的才會那麼複雜。

「迦南小弟怎麼不也寄個信過來啊。」

繆里埋怨得像能憑氣味聞出雅肯到教廷的路一樣。

「從他身上聞不出來嗎？」

「有連續獵鹿三天的味道。」

是指興奮與疲勞吧。

「原來經過長途跋涉的信會有這麼多味道。」

繆里感慨到一半，兩隻狼耳忽然交錯擺動起來。

「嗯，奇怪……那怎麼……？」

接著歪起頭，露出快想起什麼又想不起來的臉。

「怎麼啦？」

「嗯……」

還以為她是從信上發現陌生美食的味道，可是她很快就若無其事地恢復平常的樣子。

「不管這個，趕快開始下一段冒險吧！不曉得沙漠是什麼味道耶，大哥哥！」

突來的笑臉和話讓我愣了一下，但我仍保持冷靜判斷。

「我們不會去沙漠。」

「……」

繆里笑著僵住了。我面對愛作夢的繆里整理思緒，最後還是只能做出這樣的結論。

我對著海蘭的信拿出羽毛筆、小刀和墨壺說：

「迦南先生說的話，妳也有聽到吧？教會內部比我們想像中還要不穩，感覺是束手無策才搬出大公會議。也就是說——」

我邊削羽毛筆，邊想怎麼回信。

「王國和教會的衝突，很可能會在這場大公會議劃下句點。」

教宗也得遵從大公會議的決定，可說是讓這場衝突落幕的大好機會。所以我們要廣布聖經俗文譯本，加重教會的壓力，做好萬全準備再出席大公會議，終結衝突，並使教會接受改革。

現在沒時間伸手抓新大陸這種浮雲般的東西，自然沒必要跑去連伊弗都沒親自去過的沙漠地區。

有更實際的事情得做。

「確定雅肯的問題可以解決以後，我們就要盡快買好紙，回到王國才行。這場歷時多年的衝突，終於露出了一點結束的曙光，而且有太多人在期待教會改革。成功以後，我們的旅程也終於可以結束了——」

說到這裡——

「旅程要結束了嗎！」

不曉得那細細的喉嚨怎麼發出這麼大的聲音，震得我眼冒金星。

轉頭一看，繆里瞪大了眼，錯愕地注視著我。

「旅途要……結束了……」

表情像是天要塌了的野丫頭先是使我一愣，然後苦笑。

「沒有那麼快啦，不用緊張。」

我拿羽毛筆沾點墨水，測試手感。

「大公會議是非常勞師動眾的事，不是一、兩天就開得起來。而且我們還要印製大量聖經，再拿到大陸的城鎮去發，再盡可能勸說有力人士在大公會議上幫助我們。旅途結束這種事，妳可以好一陣子以後再來擔心。我只是說，現在已經能看見目的地了而已。」

即使這樣解釋，繆里的反應還是很淡。

說不定這隻小狼驚訝的不是旅程何時結束，而是第一次想到旅程會有結束的一天。

明明腦袋比我靈光得多，卻不時會發現她心裡有這種單純至極的觀念。離開出生的村子，看什麼都新鮮的這個少女，相信愉快的冒險會永遠持續下去。

覺得這份天真可愛而微笑的同時，想到自己兒時也有這樣的一面，心裡不禁泛起一絲苦澀。

「好了，現在沒時間擺那種臉。等德堡商行回信以後，就要幫露緹亞小姐救出小雞了呢。這段旅程裡還有很多重要的工作要做。」

說到這裡，繆里的魂才終於從總有一天要結束的旅程盡頭回到眼前的現實。

「可是……沙漠呢？」

「咦？」

「你說不去沙漠了。」

回神的眼裡，怨恨化作淚水，閃爍沉光。

意識才剛從永無止境的旅途回來，卻露出不能接受新方向的臉。

「沙漠是到了必須認真追查新大陸的地步才要去，現在大公會議成真——」

「都說要去沙漠了！」

叫聲大到耳鳴，瞬間蓋過我的話。

「大哥哥！去啦！去沙漠啦！都說要去沙漠了！」

還抓住我肩膀猛搖，已經有幾年沒看過她這樣賴皮了。

「沙漠！我要去沙漠！」

「妳先冷靜一點……！我不能承諾妳要不要去，不過還是可以繼續追查新大陸，當作大公會議的保險……所以，好了啦，不要……不要再搖了！」

「大哥哥！沙漠呢！不是說要去的嗎！一定要去喔！好啦！大～哥～哥～！」

狼耳倒豎，尾巴毛蓬得像是被雷打到一樣，難得讓人想起她在溫泉旅館大鬧的樣子。

到了這地步，就只能等她自己燒光了。我依靠信仰的力量，忍受小狼又搖又抱又抓，在心裡祈求她趕快長大。

跟不管怎麼哭鬧，隔天就像沒事人的繆里一樣，迦南看似纖弱，卻也充滿了少年的活力。

過了一晚，臉色又恢復了剝了殼的水煮蛋那樣的光澤。

「昨天讓您見笑了。」

他大概是想起了旅行與疲勞造成的亢奮，道歉得面紅耳赤。

但與繆里的叫鬧相比，完全是屬於紳士那一邊。

「哪裡，我不介意……身體怎麼樣了？」

「謝謝，這您不用擔心。」

迦南胸挺得像隨時可以開始辦事一樣高。為安全起見，我往他身後的護衛瞥了一眼，而他無奈地點了頭。那沉重的表情就像在問我帶了一隻活潑小狗在身邊，是不是也時常遇到這樣的事。

「那迦南小弟趕快跟我們去找露緹亞，把城裡的壞人全部踹一遍！」

我們家的小狗對另一隻小狗如是說。

「好，我也覺得應該這樣。我們無論如何都不該允許那些人在學習神如何創世的這個園地，做這種連神都不忍見的惡行！」

昨天的餘燼在繆里煽動下再度發紅。

迦南看似斯文，卻能懷藏近乎無望的計畫，只憑勇氣踏出暗無天日的書庫。而且在令人心惶的旅途中始終挺直背脊向前走，直到贏得這把賭，打出了成績。

那種對未來的完全肯定，是剛打勝仗的騎士特有的衝勁。

「迦南先生，有件事我要先通知您。」

我開口打斷兩隻興奮的小狗。

「海蘭殿下來信說，聖經的試印也進展得很順利。」

迦南接獲好消息，卻不顯得驚訝。

彷彿順利是理所當然般悠悠微笑。

「這證明神是站在我們這一邊。來，我們走吧！」

我和護衛對看一眼，雙雙嘆息。不過我們也沒理由制止鬥志高昂的迦南，四人就此前往露緹亞所在的青瓢旅舍。

路上到魯·羅瓦的旅舍看了一下，發現他因嚴重宿醉倒在床上，所以就沒找他了。原本還想託他透過伊弗的商網，將昨天無視繆里吵鬧寫完的回信寄給海蘭。滿房間的酒臭嚇得繆里奪門而出，魯·羅瓦注意到我們來訪，在床上嗚咽應聲。

他為了蒐集來自大陸各地的路況消息，昨晚參加長途商隊的宴會，結果醉倒了。這商隊的路線長得遠超過行商的範疇，大家都說他們個個比熊還壯，比馬更會喝。參加那種瘋狂的酒會，連魯·羅瓦都落得這種下場。

我們把原本要給迦南的蜂蜜和水果留下，替他準備一桶冷水並祈禱神保佑他早點恢復後就離開。

不久，我們四人來到大街上。這裡早上一樣是那麼混雜喧囂，有看似通宵喝酒的青年說著醉話，一旁有個白鬚教授借用商行的卸貨場，帶一群學生探討深度的神學問答以及艱澀的邏輯理論。

只從書籍認識大學城的迦南一下皺眉，一下目放光采，好不匆忙。不禁為其微笑時，我感到有視線打在臉頰上而轉頭，看見今天也佩了劍的野丫頭用「大哥哥還不是一樣」的冷眼看我。

到了青瓢旅舍，許多少年正在露緹亞的目送下出外賺錢，或肩上吊著整捆學具，興高采烈地要去上課。

「嗯，是你們啊。這位是？」

還不等我介紹，迦南已經上前伸出手。

「我是迦南．約罕耶姆。」

露緹亞愣了一下才握住那伸得很習慣的手。

「我是露緹亞。你是……寇爾的同事嗎？」

從迦南的裝扮與氣質，一眼就能看出是與學校或聖職相關的人。

「我是在教廷的書庫管理部為神服務。」

聽了這般自我介紹，連露緹亞都傻了。

然後用眼神叫我別開惡質玩笑。

「我剛認識迦南先生時，也嚇得不輕。」

「請見諒。從那以後，我好像變得很愛看人驚訝的樣子。」

露緹亞看看純真微笑的迦南，嘆了口氣。

「我到現在還是不太懂男生的這種想法。」

迦南眨眨眼睛，繆里贊同地笑了。

隨露緹亞來到青瓢旅舍四樓的武器庫後，迦南和我一樣先被書架所吸引。

「喔喔……這就是民間會用到的課本嗎。」

「你來自傳說中的書庫，應該沒什麼好稀奇的吧。」

「怎麼會呢。我們的書架的確是擺滿了各種書籍，可是那裡很暗，幾乎每本書都只是在那裡沉睡，沒人開過，不曉得世上還有沒有人聽說過。所以能認識這樣會與人接觸，有人在讀的書，就像在雪地裡見到新綠，能給我世上仍有生機的感覺。」

這番煞有其事，令人措手不及的優美措詞，使露緹亞一陣苦笑，繆里喃喃默唸想記下來。

「所以呢？黎明樞機和教廷的人站在一起，就像沸油邊擺了盆冰水一樣，讓人很緊張呢。」

要是不慎相混就不得了了。不只需要小心取用，還要問廚房的人為何這麼做。

「這您放心。我們書庫部的人因為職業關係，每字每句都力求正確，是教廷裡的討厭鬼。這樣說您明白嗎？」

誠實在神前是美德，在教會組織裡卻並非如此。

「原來如此，你是黎明樞機這邊的嘍。」

露緹亞帶著苦笑稍抬下巴，要迦南繼續。

教廷的人和黎明樞機一起出現，不會是來參觀而已。

「寇爾先生把這座城根深柢固的授學結構問題都告訴我了。露緹亞小姐，您在這裡和那種天理難容的惡習抗戰了這麼久，神一定很欣賞您的志節。」

面對如此慷慨的稱讚，露緹亞也有點害羞。

「若不嫌棄，請務必讓我們盡點棉薄之力。」

「你們？」

迦南充滿自信地對露緹亞頷首。

「雖然我們不過是書庫裡弱小的書蟲，在書本與學問的世界裡卻能以一擋百。等我們加入這裡的教授公會以後，就能給予貧窮學生合理管道來和取得學位了。」

「……」

露緹亞應也多少料到他會有出人意表的方法。

可那似乎遠遠超過了她的想像。

「我還不清楚加入教授公會的詳細過程，不過我們那裡多得是學識上夠資格的人。當然，我們不需要高昂的學費，授予學位也不必送禮。課本的部分，我們書庫裡多得是藏而不用的書，您大可放心。吃住方面，只要出了書庫，哪裡都是天堂。只要能以畢生鑽研幫助真正有需要的人，他們說不定甚至願意拋棄聖祿呢。」

面對滔滔不絕的迦南，露緹亞真的是錯愕得連呼吸都忘了。

「您願意嗎？我們一定能成為露緹亞小姐的力量。」

在溫菲爾王國邂逅迦南時，還覺得他的笑容有點刻意，現在卻有真心相信未來一片光明的感覺。

我也了解露緹亞為何還不答應。迦南的解法也曾使我不敢置信。

「露緹亞小姐。」

聽我一喚，露緹亞才赫然回神，往我看來。

「我知道我們這樣很唐突，我也曾經懷疑是不是真的能用如此猛藥來解決這個問題。」

她為解決問題辛苦了那麼久，結果想都沒想過的解法就這麼掉在了她的面前。

好像有則童話是說飢餓的狼遇見了一隻兔子願意獻身給牠吃，露緹亞的表情就像那隻狼一樣，只能「嗯、喔……」地含糊點頭。

「露緹亞小姐。」

我再次向困惑的狼呼喚她的名字。

「關於妳聯絡過的那些贊同廉潔思想的學者，能給我們一份清單嗎？我想說服他們在對抗教會上助我們一臂之力。」

這次不是要他們承擔風險來到雅肯，而是和我們在勢必到來的戰鬥上一起對抗教會。

「當然，我們會盡可能避免牽連到妳。」

露緹亞的目的僅僅是研讀教會法學，不是來對抗教會的。就當是為了其他學生的將來，必須避免讓人認為青瓢旅舍是反動分子的祕密基地。

「對了，還有件事要告訴您。」

露緹亞都已經被眼前連續不斷的美事弄得暈頭轉向，迦南還要補充：

「我也從寇爾先生那聽說了自稱南鶩幫那些人的卑劣行徑，所以我打算向他們的父母報告其惡行惡狀。他們之中多半也有高階聖職人員或知名貴族的子嗣，送一封有教廷蠟封的信過去，應該很有效果。」

「……」

又是個用牛刀殺雞的猛藥。

想到那些父母接到教會總部，信仰的中心直接斥責其子嗣的信狀，我就不禁同情起他們。

「露緹亞小姐。」

經我三度喚名，表情像是突逢暴雨，不知該怎麼辦才好的少女轉了過來。

「我當初也是同樣震驚。」

露緹亞似乎連苦笑的力氣都沒了，微微地點了頭。

第五幕

露緹亞被突來的巨大轉折弄得腦袋轟隆作響，學者清單又頗為紛雜，需要一點時間整理。

於是我們決定先回旅舍，這時一直保持安靜的繆里說她要留下來談救小雞的事。

她已經被迫保持「等一下」的姿勢太久，很難說她言之過早。再加上迦南的出現一口氣解決了種種問題，她是想盡快擬定計畫大顯神威吧。

「不可以耍任性為難人家喔。」

一聽我嘮叨，她就臭著臉轉一邊去。不過我有一大堆大公會議和俗文聖經的事要跟迦南談，這樣剛好。要是我跟迦南談得熱烈，她卻一句話也接不上，一樣會不高興。

再次強調不能為難露緹亞後，我們離開青瓢旅舍。高掛的太陽照得我睜不開眼，迦南的表情卻比陽光還要燦爛。

「寇爾先生，今天也要感謝神賜給我們這麼好的天氣呢！」

面對那充滿樂觀的笑臉，讓我有那麼點慶幸他不是女性。

回到宿舍房間，和迦南談了一陣子聖經，在給海蘭的回信寫下新想法和更好的譯法時，歇市鐘聲已經敲響，火紅的太陽等著墜地。

為了寄信，我們又去看魯．羅瓦。他精神迷茫得像連睡兩次回籠覺的繆里，附帶很沒面子的表情。

看他酒醒得差不多了，我將補充過的回信交出去。迦南似乎還沒聊夠，我便打算一起到飯桌上聊，可是繆里還不回來。

繆里沒有貼心到會把時間讓給我跟迦南長談，不太可能到了房門又折回去。如果她還在露緹亞那扮軍師，吃飯或許是個拉她走的好理由。

邊想邊跟迦南下樓時，正與來客對話的旅舍老闆往我看來。

「您來得正好，有人要傳話給您。」

「給我？」

傳話的像是個小雞，他緊張地跑過來，說出的熟悉名字又使我吃了一驚。

「繆里和露緹亞小姐傳話給我？」

有必要這樣嗎？我不禁望向迦南。

「說、說是有計畫要談，請您到廢棄禮拜堂去。」

這讓我有大致了解情況了。

八成是救小雞的事讓她聊到連自己來一趟都懶吧。也搞不好是吵著要今晚就行動，露緹亞找我搬救兵。

再往迦南一看，這次他點了頭。

「知道了，我們馬上過去。」

小雞這才放鬆表情，慌忙跑回黃昏的街。

「真是的……這性急的野丫頭真讓人傷腦筋。」

聽我嘆息，迦南替繆里說話似的微笑。

「說不定是那些被囚禁的孩子讓她想到您被抓走時的事了。」

的確是有這種可能，但我想有一半是小雞刺激到她狼的本能。她原本就是愛死打獵的人。

「我是不希望她去做危險的事啦。」

迦南對洩氣的我投以安慰的微笑，轉向護衛。

「能請您保護魯・羅瓦先生嗎？今晚城裡可能會特別亂。」

寡言的護衛望向天花板另一邊的魯・羅瓦，無奈地聳聳肩。要是狀況好，把這書商丟在戰場中間都能氣定神閒地活下來，但現在酒才剛醒，讓人不太放心。

我想迦南請護衛保護魯・羅瓦，或許是出於別的理由。迦南在我們面前愈來愈率真，可以看出不少與繆里相似之處。這樣的一個男孩子，說不定也不希望護衛成天黏著。

我們就這麼聊著學識性話題，比路邊學生更像學生，踏上今晚也恐將滿是爛醉學生的街，前往露緹亞的祕密基地——廢棄禮拜堂。可是——

「奇怪？」

穿過陰暗許多的小巷，我們來到廢棄禮拜堂前，門卻是鎖著的。

露緹亞已將鑰匙交給我，所以不成問題，但她自己還沒到倒是很奇怪。會是計畫訂得太投入，還在青瓢旅舍跑來跑去嗎。

想著今晚要訓訓繆里，我開門進去。

「是古式的禮拜堂呢。」

迦南站到曾有祭壇的位置，凝視牆上因過去裝置教會徽記而留下的曬痕。

「這裡以前是這個教區的小教堂，已經荒廢很久了。」

「讓我想起教廷的書庫，有種書的味道。」

迦南懷念地深呼吸的樣子，使我有些驚訝。

「不愧是在書庫工作的人……其實這裡藏了一些書。」

「咦？」

迦南眨眨眼，猶豫片刻後望向我。視線略為抬高，好像催我快說的樣子像極了比較乖的繆里，讓我不禁苦笑。

「您看得出來這裡地板底下有洞嗎？」

我抱著以後恐怕不能罵繆里溜進糧倉偷吃蜂蜜的心情，和迦南一起挪開地板。雖然那些書被魯．羅瓦評為沒有商業價值，迦南卻不在乎這種事，一看到書就坐在地板上翻起來。

日漸西斜，禮拜堂已是陰暗得很，好歹等我點個蠟燭吧。

我苦笑著找到擺在角落的蠟燭，卻發現沒點火工具。而且那都是便宜的獸脂蠟燭，若不開窗通風，有獨特臭味的黑煙恐怕會沾到書上。

於是想至少開窗引入月光時，我發現外面有動靜而停下手。

「繆里？」

不是她。巷子裡出現輪廓陌生的身影，一個、兩個……

我離開微開的窗邊，躡手躡腳回到迦南旁。

將魯．羅瓦認為幾乎沒價值的書一本本搬出來翻的他，像是找到有意思的章節，表情雀躍地要對我說話。

我趕緊伸指按住他的嘴，掃視廢棄禮拜堂。

這裡不大，房間也只有一個。這類建築天井都很高，天窗不在搆得到的距離。夕陽幾乎沉沒，巷裡一片漆黑，我又不是狼。

我先擱下沒制止迦南留下護衛的懊悔，拚命鎮靜要脫韁的心跳，用力地想。

「寇爾先生？」

我對不解的迦南點點頭，往旁一指。

「給我束手就擒！」

一群人踹開門湧了進來。

「有人通報這裡有異端！奉神之名——」

入侵者的宣告被吞回去似的斷了。

「……人呢？」

禮拜堂年久失修，每在軟化的地板踏一步就嘎吱作響。

有三人——不，四人吧。有硬物碰撞椅子、拖過地板的聲音，表示有人持槍。

像是教會或城裡的衛兵，可是聲音很年輕。

他們的影子，隨蠟燭的紅光劇烈晃蕩。

「沒人……嗎？」

「門不是沒鎖嗎？從裡面窗口跑了？」

「不，應該沒人跳窗出去。」

如此對話後，像是隊長的人蹬了一腳。

我按住迦南不讓他叫出聲，靜靜地等。

「可惡，被騙了嗎？」

「別急，先到附近路上看看再說。不管從哪裡跑掉，天已經黑了，跑不遠才對。」

入侵者快步離開禮拜堂，腳步聲逐漸遠去。

完全聽不見以後，我又整整數到三百。繆里每晚都在寫的騎士故事裡，有這樣的場面。

「……好像沒事了。」

我對迦南這麼說，慢慢推開地板。

側臥地下儲藏空間的我們坐起來，確定自己和堆在禮拜堂角落的書都沒事後才鬆口氣。原本還擔心被他們洩恨踢壞了怎麼辦，所幸學問之都不至於發生這種事的樣子。

我唏噓地爬出藏書的地洞，而迦南依然傻在裡頭不動。

「迦南先生。」

被我一喚，恍神的他才用力緊閉眨都沒眨的眼，瞇著看來。

「我連向神祈禱都忘了……」

若是幾個月前，就換我縮在洞裡，被繆里不耐地拉出來了。

我出手拉起他，幫他拍拍塵土。

「習慣就好。」

有過用同樣方式躲避房間大火的經驗，讓我很快就能繼續行動。

迦南臉上是驚魂未定又尊敬的奇異表情。

「話說回來，他們要抓的是異端是吧。」

看不見他們的面貌，只知道他們是接到通報而來的。

「……是您身分曝光了嗎？」

我也是先往這想。假如雅肯的教會腐敗，黎明樞機無非是個不速之客，抓到了就是大功一件。

但以此而論，人手似乎有點少，感覺不像正式捉拿。聲音年輕也頗令人在意。

「無論如何，我們的旅舍和青瓢旅舍恐怕都被人監視了，先到城外避一避吧。」

「那、那繆里小姐她們怎麼辦？」

要是繆里都被抓，我怎麼掙扎也跑不掉。或許是不幸中的大幸，因宿醉而虛弱的魯·羅瓦有那位幹練的護衛保護，不必擔心。

「把書留在哪裡的話，她們應該會知道我們是怎麼躲過去的。」

再循味道找過來就能會合了。

要是真有需要，夏瓏的鳥同伴多半就躲在某個地方偷偷看著我們，請牠傳話就行。

「總之先離開這裡吧，他們說不定還會回來。」

我就這麼和臉色在黑暗中也看得出發青的迦南離開禮拜堂。

在伸手幾乎不見五指的黑暗中，我左手抓著迦南的手，右手撥開黑暗般前進。

迦南緊張到連連打嗝，腳步蹣跚，抓得我手都痛了。我又想起海蘭說迦南在我面前總是比較拘謹。

現在我則是相反，像「責任感會使人成長」這句話一樣，因迦南的存在而得以保持冷靜。同樣地，我能夠輕易想像前方黑暗中有個朦朧的小騎士大步向前，才能不去胡思亂想。

為了不讓想像中的繆里笑我，我穩穩踏實地面穿過巷弄，並不停思考這究竟是怎麼回事。

首先，自稱替繆里和露緹亞傳話的小雞肯定是其他人派來的。原本猜想教會組織發現我是黎明樞機了，可是以捉拿企圖揭露教會腐敗的黨眾來說，規模似乎不夠大。

想到這裡時，我們來到巷子裡的井邊小廣場，白天會有婦女打水、老人曬太陽的地方。

這裡比較開闊，說不定會有人監視，我便從隱蔽處探頭查看，然後想到一種可能。

會不會是南鷲幫在搞鬼呢？

或許是露緹亞那裡有內賊密報我們想破壞南鷲幫的既得利益。於是南鷲幫要栽贓我們為異端，讓我們待不下去。

這樣就能解釋他們為何只帶那點人來抓人，也沒有包圍禮拜堂防止我們跳窗，還像是作夢也想不到我們就躲在地板下等種種缺乏經驗的樣子了。

那麼，說不定繆里她們還不曉得這樁陰謀，仍在青瓢旅舍開作戰會議。是不是該過去看看情況呢？讓她們知道這件事以後，應該能輕易翻轉戰局。

在隱蔽處想著想著，迦南忽然碰碰我的肩，用惶恐的眼神問我在等什麼。我用微笑安撫他，伸長脖子看看廣場後打手勢要他繼續走。幸好今天沒月亮，沒人在路上閒晃。

正在想青瓢旅舍在哪個方向時，背後冷不防的腳步聲讓我全身汗毛都豎起來了。以為是追兵的我抓起迦南的手就想走，不過忽然發現腳步聲只有一組，而且有點熟悉，接著對方還出聲了。

「大哥哥！」

是繆里。循氣味找來的吧。

「繆里。」

我呼喚的同時，那銀色的瘦小人影撲進我懷裡。

「沒想到你們自己也跑得掉。」

她把臉埋在我胸口這麼說。

我不禁查看她耳朵尾巴有沒有跑出來。在迦南面前被她抱，感覺有點害羞。

「我旅行這麼久也不是白混的。」

想回抱繆里時，發現左手仍抓著迦南的手。

繆里也奇怪哥哥怎麼這麼久還不抱人，抬頭卻見到我抓著迦南的手，皺起了眉。

「好了，露緹亞小姐怎麼樣了？妳們那邊也有被人襲擊嗎？」

她經我一問才回神。

「這個，是沒有……喔不，現在不曉得。」

並放開我，整理想說的話。

「回旅舍以後，老闆說我們傳話給你。」

聰明的繆里一聽就知道有人搞鬼。

「旅舍有被人監視的感覺嗎？」

繆里搖了搖頭。

人手很不夠，不像是大規模行動。

「這樣的話，我們就去青瓢旅舍跟露緹亞小姐說明情況吧。這肯定是南鷲幫的詭計不會錯。很遺憾……露緹亞的同伴裡面有內賊。」

繆里睜大了眼。

「解救小雞的計畫也都敗露了吧。」

雖然在露緹亞的指揮下，他們可能沒那麼容易被埋伏打垮，但小雞應該都會移走，只有撲空的份。

「露……露緹亞那裡有內賊……」

我摸摸試圖幫她說話的繆里的頭，告訴她不用多說什麼。我知道她明白露緹亞是多麼看重同伴，多麼照顧他們。

「魯．羅瓦先生他們還在旅舍嗎？」

我無法預測南方學生會鬧到什麼程度，難以判斷留在旅舍還是換個地方比較安全，不過我還是比較想先會合再說。有熟識的護衛在身邊，完全失去白天那份樂觀的迦南也能安心一點。

可是繆里似乎在努力想些什麼，沒有回答我。

「繆里？」

「咦？啊……啊，嗯。」

與過去遭遇的危機相比，這根本不算什麼，然而繆里卻和平常不太一樣，有點魂不守舍。但很快就恢復正常，說道：

「我有跟他們說，最好在事情變麻煩以前換個地方。既然有迦南小弟的護衛在，魯・羅瓦叔叔應該不會有問題才對。」

點頭時，左手動了一下。緊張得發慌的迦南現在眼神變得有力了些。

「既、既然這樣，到事先約好的緊急會合地點就能找到他們了吧。到城西的大路上就看得見了。」

準備得這麼周到，或許是因為跟異端審訊官在同一個屋簷下工作的緣故。往繆里看，只見她腦袋裡的天平擺了擺，叮鈴一聲後開口：

「那就先把你們帶去找迦南小弟的護衛跟魯・羅瓦叔叔好了？」

「先通知露緹亞小姐不好嗎？」

繆里對我聳個肩。

「露緹亞有把城裡的野狗招來當手下啦。」

然後醜醜地眨起一隻眼睛。是指知道小雞假傳留言時，她已經叫野狗去通知了吧。

我再次俯瞰目前拼湊的狀況，認為沒有遺漏。

「那好吧，麻煩帶路。」

「包在我身上。」

在這種場面比誰都興奮的繆里實在可靠。

若是只有點惡膽的學生追上來，也算不了什麼。

「迦南先生，我們再多享受一點冒險吧。」

我不知道我笑得自不自然，只知道迦南也努力對我笑。我握緊左手，希望他能安心。

「有我在就不用怕了啦！」

繆里立刻抗議，看看我和迦南的手，搶下攤販最後一個商品般用勝過迦南的力道一把抓住我的右手。

在學生可以鬧一整晚的雅肯裡，仍有許多鴉雀無聲的小路。繆里小心選擇這些路，帶領兩頭完全迷失方向的羊前進。

不曉得是自力躲過抓捕所產生的自信，還是已經有過多次經驗，抑或是身邊有可靠的騎士，我沒有我以為的那麼害怕。

多半是以上皆是吧。隨著體會到緊張所帶來的從容，我也開始明白繆里為何這麼喜歡這種事。這種緊張和亢奮，是留在紐希拉所嘗不到的。

我們追隨繆里的引導，走過黑漆漆的小巷。來到寬廣田野時的解放感，也是暢快無比。這讓我不敢嘲笑繆里為想去沙漠地區而吵了。這樣就能讓人如此感動，面對地平線另一邊陌生土地的景象，肯定只會是加倍感動。

「好，到了。」

繆里若無其事地這麼說，我終於能挺直略駝的背脊。這條通往城西大路，白天滿是旅人、近郊農夫與學生的路上，有兩道人影。

兩人的輪廓都很有特徵，不用說，即是迦南的護衛和魯．羅瓦。

「都沒事嗎？」

護衛跑過來，要舉起迦南似的抓住雙肩，到處看他有沒有受傷。而迦南又跟繆里一樣，被擔心的護衛弄得很不自在，頗為滑稽。

「寇爾先生，您也是輕車熟路了呢。」

魯．羅瓦捧腹大笑。

「我也不想習慣這種事。大家沒事就好。」

「我們什麼事也沒遇到。從只有兩位遭遇不測看來，八成是南方學生搞的鬼。」

魯．羅瓦也做出相同結論，狀況也是晚間散步的感覺。他都是這樣游刃有餘地躲過異端審訊官抓捕的吧。

「今晚要在哪過夜呢？如果是南方學生做的，目的就只是趕我們出城。在城門外隨便找個酒館或旅舍就行了吧。」

「這個嘛……」

我也是這麼想，只是太放心恐怕又要嘗到苦頭。

先正確了解狀況比較好吧。

這麼想著尋找繆里時，我發現她獨自站在一邊。

「？」

會是在警戒週邊嗎。可是神情有些落寞。

而且她的站姿像是少了些什麼。

不曉得是怎麼了，或許是因為擔心露緹亞而心神不寧。因為現在能確定，為維護群體而勞心勞力的露緹亞身邊出現了內賊。

這事實一定讓溫柔的繆里很痛心吧。

「繆里。」

彷彿能看見她藏起的狼耳因這一喊而豎起來。

「我們現在應該沒事了，妳去看看露緹亞小姐吧。」

如果她正為了解救小雞而忙得不可開交，野狗傳話出了錯也不奇怪。

「還是要我去？」

補這一句，是因為那等於是讓她告訴露緹亞她們之中有內賊，心裡恐怕不好受，由我扮演這角色或許更好。

可是繆里搖了頭，輕輕深呼吸後說：

「我去就好了，你去只會迷路被人抓吧。」

儘管還能挖苦人，語氣仍然無力。

雖想乾脆就別讓她去了，不過繆里是個驕傲的狼。

愛不只是一味保護而已。

「即使我們不在城裡，一樣能解決露緹亞小姐的問題。請告訴她，我們離開後也絕對不會忘了她。」

縱然有內賊潛入身邊，我們仍能提供助力。我相信露緹亞這狼族子女和繆里一樣，沒那麼容易打垮。

結果原本悶悶不樂的繆里忽然訝異地睜大眼睛往我看。

說不定是以為我會像迦南的護衛那樣，又拿出過度保護的態度。

用「我相信妳」的笑容點頭之後，繆里也放心地微笑了。

繆里是在擔心我們會因為與教會的抗戰來到大公會議這最大關頭而離開之後，會忘了遠在大學城奮戰的狼吧，但我不會。

為了讓繆里安心，我再開點玩笑。

「所以說，不可以因為嫌麻煩就亂咬南方學生喔。」

繆里用泛紅的眼眸注視我，淺淺苦笑。

「嗯，我知道。」

然後扭腰轉身，奔向夜城。

雖然還是有那麼點無力，我能做的也只有這麼多了。

目送繆里離去後，有人拍我的肩。

「寇爾先生，不可以氣餒喔。」

魯．羅瓦也來關心我。

「畢竟露緹亞小姐想對付的是根深柢固的問題。」

既得利益、榨取弱者、惡用制度、自私自利。

這些問題不是只限於雅肯，現今的教會同樣也是陳垢難清。

「來，我們走吧。夜還會再冷下去呢。」

隨魯．羅瓦拍肩回頭，還見到迦南跟護衛都擔心地看著我。其實真正該擔心的是又回到滿城敵人之中的繆里，還有對抗他們的露緹亞，怎能讓他們擔心我呢。

看來我不太有希望成為身經百戰，沉著冷靜的聖職人員。

但我現在也不會想追求那種名譽，當眾人各自揹起行李時，我再度望向繆里離去的方向。

雖想跟去，可跟去了又幫不上半點忙，況且我不是為了讓繆里成長才託她去的嗎。

我一面對自己這麼說，一面甩開擔憂轉向前，伸手拿取魯．羅瓦替我和繆里從旅舍拿來的行李時，我注意到一件怪事。

喔不，那都是繆里的東西，其實一點也不怪，但就是不對勁。

「這怎麼會……在這裡……？」

前不久的記憶忽而甦醒。繆里在稍遠處注視雅肯，那略顯落寞的身影。

覺得她缺了些什麼，絕不是因為表情。她身上真的沒有該有的東西。

「寇爾先生？」

揹起行囊的迦南向我問。

這次我沒有餘裕對他微笑，翻開繆里的側背袋。

頭一個見到的是她天天都在寫的騎士故事。然後是裝有海蘭給她的羽毛筆等文具的皮囊，再下面是變裝用的服裝、同樣來自海蘭的小糖果袋等，裝滿了幻想與現實冒險攪成一團，一如她腦袋的東西。

見到彷彿刻意藏在最底下的東西時，滿頭的疑惑使我頭皮冒汗。

繆里做這樣的事，一定有其原因。

我忍住令人作嘔的壞預感，拚命思考這在述說些什麼。

然後我忽然想起繆里先前也做過類似的事。

就是神祕人捎來大公會議的消息，和繆里討論是不是該來雅肯的那晚。傻哥哥因孩提時代在雅肯吃足苦頭，不想重遊舊地，卻在繆里的勸說下終於鼓起勇氣之後的事。

繆里為前往大學城這段新的冒險滿心雀躍，孩子氣地鑽到哥哥的被窩裡，還用力摟摟抱抱，要把之前忍住的份討回來似的。

當時繆里還做了什麼？

不就是在鑽進被窩前，將倚在牆邊的劍翻成反面嗎。

為什麼要做這種事呢。

因為她不想讓狼徽見到不符騎士風範的事。

「這麼說來……？」

長劍留在行李堆裡，狼徽腰帶也收在布袋最底下。要去拯救被假留言騙走而再度陷入險境的哥哥，繆里卻一樣也不帶，自己跑來禮拜堂找我們。

我只看得見這世界一半的一半。

因為蠢哥哥不懂女人，又對人的惡意不敏感。

只要妹妹有事想瞞哥哥，只要悄悄放在那個範圍裡，哥哥就不會發現了。

回想繆里奔向露緹亞時，宛如一幅幅的畫浮現眼前。每一舉手投足，都多了新的隱意。

「迦南、先生。」

聽我一喚，疑惑的迦南不禁挺直背脊。

「繆里追上我們的時候，她是從背後來的嘛？」

「呃……這……」

他是沒想到我會這麼問吧。

儘管不解，迦南仍點了頭。

「應該是這樣沒錯。因為我突然聽見後面有腳步聲，嚇了一大跳。」

突然有腳步聲。

對方是狼，應能悄無聲息地接近，直到她的氣撲在你後頸上。或許那能說是避免嚇到我們，但還是不對勁。

繆里什麼時候有這種沉著和體貼了？

她可是會怕哥哥又被綁架，就一臉認真地給我繫繩子的人。

如果知道我被假留言騙出去，又在廢棄禮拜堂躲過一劫，不會只是繫繩子而已。

肯定會在確定我們安全以後就不管三七二十一就跑掉，滿眼怒火地追查襲擊我們的人。

「魯．羅瓦先生。」

身經百戰的書商只是靜靜站在那裡。

「繆里回到旅舍，發現小雞傳的話有問題時，她是什麼樣子？」

魯．羅瓦眨眨眼睛，「嗯……」地手扶下顎。

「有種經歷過不少風浪的感覺，下了幾個明確的指示以後就跑出旅舍了。可能是之前表現得太慌，讓她學到教訓了吧。」

反應鎮定的繆里還把有狼徽的劍留在房間裡，腰帶更是細心地塞進布袋最底下。

至少我能肯定地說，她不是這樣的人。絕對有問題。

繆里就只是「不想讓狼徽看見」而已。

不想讓狼徽看見什麼呢？配合繆里在小廣場邊追上我們時的樣子，答案自然就揭曉了。

繆里事先就知道抓捕的事。不僅如此，她還知道本來就不危險。也就是那場假留言和抓捕，其實繆里也有涉入，不然說不通。

不懂的，是動機。

頭一個猜的是想營造冒險氣氛。這少女曾因為自己和諾德斯通鬧得不夠大而拿起羽毛筆自編故事，而且前陣子哥哥還硬生生被敵人抓走，會是想重來一遍嗎？不是在紙上，要在現實裡。

所以才會躲在廢棄禮拜堂附近，要在哥哥被敵人抓走時來場帥氣營救。

這樣是不是就能輕易解釋襲擊者人力薄弱，和他們在禮拜堂說的話等怪異之處呢？

——被騙了嗎？

和繆里合作的南鷲幫成員，也知道那只是為了嚇唬露緹亞的幫手而演的一場鬧劇吧。為了替每晚酒會添點話題，就來陪這個小女孩玩她的騎士遊戲了。

道理通順得教人害怕。但就另一種角度來看，這想法卻也可笑得可以。

因為我怎麼也想不通繆里這麼做的理由。

這麼一來，她自己不就成了叛徒嗎。

她對露緹亞的境遇感同身受，憎恨南鷲幫的傲慢，氣得想咬他們屁股等情緒，應該都是千真萬確。

很難想像這樣的繆里自導自演一齣會離開雅肯的戲，半途拋下露緹亞的問題。她會只是想營造危機的感覺嗎？

例如南鷲幫用假留言這種骯髒手段綁人，她就有名義用狼的力量狠狠還以顏色了。苦無動用利爪尖牙的機會，讓繆里很不是滋味。一旦有了名分，就能咬傲慢的南鷲幫的屁股了。

以這個愛動歪腦筋的野丫頭而言，是比較可能這樣想。

但這種解釋有個但書。

要詭計來製造變狼的理由，等於是刻意踐踏露緹亞想在人世生活的決心。繆里暴怒時，也會在知道自己要做壞事的情況下露出獠牙，這次卻始終保持冷靜，沒這種感覺。

不，那不是冷靜，恐怕是知道自己在做無顏面對狼徽的事，心裡慚愧。

因此，繆里更不可能會去做踐踏露緹亞決心的事。要跨過這道牆，得先有堪稱發狂的激情。

她為何要做出違背騎士精神，甚至不敢給劍與腰帶上的狼徽看見的事呢？

而且還有件事，我怎麼也無法相信。

她雖然調皮任性又粗魯，但好歹是個分得清是非善惡的人。

「……所以不是繆里的主意？」

這低語將一切都串了起來。

「啊，原來是這樣！」

我不禁大叫，嚇得迦南跳了起來。

「魯・羅瓦先生，有件關於露緹亞小姐的事想請教您。」

「請說請說。」

這位書商像是早已慣於應付容易沉浸在自我世界的怪客，有點等好戲看的樣子。

「您知道她在這裡抗戰幾年了嗎？」

迦南愣住，而天天在城裡探消息的書商則講古似的說：

「聽說已經很久了。從開始跟南鶩幫槓上開始算，也有四、五年了……」

我將「果然」二字吞回去。

「這裡人口流動很快，實際上多少年也沒人清楚。有人說她在那之前就在雅肯待很久了，也有人說她曾被某個與眾不同的領主收養，所以原本是孤兒之類吧。父母將子女送來大學城以便未來任職，子女也為了報恩努力學習，卻在城裡受盡磨難的事，其實很常見。我想她就是因此厭惡富裕學生，才會跟他們槓上吧。就算拋下學業也在所不惜。」

魯・羅瓦的眼神，與我和繆里看露緹亞的眼神不同，距離更遠更冷靜。

「所以我才說必須適可而止。因為這座城的問題根深柢固，就連露緹亞女士對抗了那麼久也無法解決。」

會覺得魯・羅瓦的判斷冰冷，不是因為他的想法太冷酷，而是我們的認知有差距。

魯・羅瓦知道露緹亞投身於這場勝算稀薄的戰鬥已經很多年了。不，更進一步地說，這位世故的書商或許從很早以前，就察覺了我至今都沒想過的，露緹亞的隱情。

「再請問一下。」

「儘管說。」

「我聽說露緹亞小姐念教會法學，是為了爭取某位領主的繼承權，對抗想竊占其領地的人。」

露緹亞當時說得很順，不像是在這方面有所隱瞞。當然，魯・羅瓦也知道這件事，慢條斯理地點了頭。

「這位領主是誰呢？」

迦南的表情似乎是不懂我為何這麼問。

魯・羅瓦搔搔他花白的平頭說：

「原來您還不知道啊。」

可是我猜中了。

「據說這位領主已經過世很多年，領地早就落到別人手上了。因此露緹亞女士——啊，寇爾先生！」

聽到這裡就夠了。我拔腿就跑，要到繆里那去。

重點在於露緹亞為何不惜放棄學業也要為貧窮學生而戰。

露緹亞說她在森林裡遇見一位特別的領主，知道了在火爐前讓人梳頭的生活，明白了孤獨的意義。

她用了好幾次「群」這個字。為了群，誓言就算再怎麼不甘，也要掩藏爪牙裝成人類。

因此，當她聽說我們要快刀斬斷貧窮學生的困難而睜大眼睛，並不是在驚嘆這黎明樞機的能耐。

單純是對懵懂無知的我們一來就要拆掉她用來逃避現實的牆，感到反彈而已。

要是黎明樞機沒出現，這座城的問題永遠不會解決。

可是這個問題，卻在雅肯給無家可歸的狼製造了一個歸宿。

「也就是說，我……」

並不是什麼救世主。

完全是不速之客。

繆里則是在某個時間點察覺了露緹亞的心事，選擇幫助她。

也因此得以預料到很多事。

「莫名其妙嘛！」

我自己也不曉得這是在罵誰。

即使夜深已久，城中心一帶仍有許多青少年搭肩唱歌結夥作樂，再加上為他們擺攤的小販和吟遊詩人，愈夜愈喧騰。不過還是有些少年利用這些燈火，在角落讀書寫字。

所謂大學城的空間，充滿了這樣的景象。一個大人與小孩的世界混雜難分，與世隔絕般的奇異之城。

他們能在這裡度過不屬於孩童或成人的時光，在一時的惡夢裡恍惚度日。

在雅肯如此的大街上，我找到了一道垂頭喪氣的身影。

不會錯，是繆里。

「繆——」

一出聲，我就後悔自己的粗心。

狼女立刻在雜沓中感到我的存在，猛然向我回頭。

驚愕的表情只停留一瞬之間。這種事我們在紐希拉重複了無數遍，她馬上就明白我的來意。

那野丫頭正蜷著尾巴，懊惱於自己惡作劇的結果。

而且她現在沒佩戴騎士之證，沒憑據訓她死到臨頭還想跑。

見到狼脫兔般逃跑，我立刻喊人。

「等一下——別跑！」

繆里頭也不回地衝進小巷，我也追了過去，但不見人影。
剛這麼想，她的背影就像游過濃濃黑暗般，忽然出現在巷子另一邊的稍亮處。
「啊啊，夠了喔！」
我凝視黑暗，翻越木箱，跳過堆積的磚塊，鑽過某戶人家沒修完的斜倚門板底下，不停追逐繆里。
我們腳程差距太大，一下子就跟丟了，不過我很了解繆里。這野丫頭在逃跑時，一定是一右一左交互拐彎。
於是我仔細查看每個巷口，一右一左小心拐彎。
在肺裡開始滲出血味時，我遇上了死巷。
但繆里不在那裡。
若對方是山上的熊，我還會擔心牠小心踩著自己的腳印，躲在草叢裡等著從背後偷襲獵人。
可是我還沒見過繆里惡作劇敗露而逃跑時，能從容到做這種算計。
於是我調整呼吸，擦去額上汗水等待眼睛習慣黑暗，果真在巷底的木箱邊發現一撮白白的尾尖。
從這令人傻眼，好氣又好笑的畫面，可以看出認真逃跑的她還是希望被我發現。
「繆里。」

或許是因為跑得太累，以及她顯然為自己的計畫後悔，我語氣比想像中還要柔和。

「那場抓捕，是妳計畫的吧？」

尾尖一彈，縮進木箱後頭。

「劍和腰帶都沒帶，是因為妳知道自己在做壞事吧？」

繆里沒說話。

我嘆口氣向前走到木箱後，盯著那已經在紐希拉看膩，縮成一小團的小狼。

「受不了……」

這種悶氣究竟嘆了多少次，連神也懶得數了。

「如果這是妳為了自己尋開心，我已經準備把妳綁住尾巴吊起來了。」

尾巴上的銀毛全豎起來，藏到身前去。

「再怎麼不顧後果，妳也不是會踐踏露緹亞小姐心意的人。也就是說，這場抓捕其實她也知道，然後從這裡就能明白她的動機了。畢竟她所敬愛的領主夫婦，都已經蒙主寵召了。」

繆里沒有反駁，蜷縮的背上也沒有銳氣。

表示我推理正確。

我調整著跑亂的呼吸並深吸一口氣，加以思索。

「不懂的，是妳做這種壞事的動機。」

問題就在這裡。

無論是露緹亞主動向她求助，還是繆里在某個時間點發覺露緹亞的心思，繆里都能直接把事情告訴我吧？倘若露緹亞想永遠沉浸在夢裡，根本沒必要故意隱瞞，還做出找人抓捕我這種違反騎士精神的事。傻哥哥耳根子這麼軟，多得是說服的空間。把事情解釋清楚，讓哥哥不要傻傻只想解決問題，應該是最確實穩當才對。

可是繆里沒這麼做，搞出禮拜堂的抓捕事件，而且露緹亞恐怕也有份。

所以藉推理追循尾巴的影子到最後，還差臨門一腳。答案淹沒在伸手不見五指的黑暗裡。

而這種時候依然一股腦兒往前衝，多半只會摔進窟窿動彈不得。

想看清正確的路，需要先掌握一切。

「繆里。」

我低頭看著蹲在黑暗裡的繆里，說道：

「妳自己說，妳不是——」

騎士嗎？

或許繆里是覺得，被我說出來的話會再也不敢自稱騎士吧。

塌平的狼耳忽然一抖，畏縮的狼聲打斷了我。

「……露緹亞的，信。」

「咦？」

「我是從露緹亞的信，發現的。」

露緹亞什麼時候寫信給我們了？……想到這裡，我才發現那是指與她有聯絡的教授的回信。

「金毛的信有旅行過的味道，露緹亞的卻沒有。所以我發現她說她跟遠方的大人物有往來，是騙人的。」

繆里大概是在對話中恢復鎮定，也鼓起勇氣面對了。不過罪惡感仍在，即使坐直了也是看著旁邊。

「我不懂的是，為什麼露緹亞要騙我們。她藏起爪子牙齒，為大家奮鬥、忍耐了那麼久，為什麼還要這樣。」

想解開這謎題，得從那對領主夫婦開始。魯．羅瓦能查到那麼多，多半是因為他對露緹亞沒有多餘想法，我們卻因為她是狼而從不懷疑。

不是該懷疑她說謊，而是有沒有說出全部真相。

露緹亞沒有說謊，只是巧妙地掩蓋了自己的足跡。

「可是，其實我更早以前就發現她怪怪的了，一定有事瞞著我們。」

「怪怪的？」

這問題使繆里為哥哥的遲鈍嘆息。

「你們把問題解決了，她卻一點也沒有高興的樣子。」

「……」

傻哥哥以為她單純是因為我們一口氣解決掉種種難題而傻住，而繆里在那一刻就覺得不對勁了。

「然後因為那封信，很多事一下子從腦袋裡冒出來。」

並發現露緹亞其實並不希望解決這座城的問題。

「……我跟迦南先生離開的時候，妳們已經串通好了吧。」

當時繆里說她要留下來談救小雞的事，是有些不自然，不過繆里本來就很熱衷於救小雞的事，所以也沒什麼大不了。

可是一片好心的羊群找到解決城裡問題的猛藥，她們已經沒時間誤導了。

露緹亞和繆里只能用克難方式執行作戰計畫。

「沒錯。露緹亞不想解決問題，因為她無家可歸了。只要在這裡一直對抗問題，時間就會停止。」

露緹亞來到雅肯時，領主夫人是生是死猶未可知。

但修習教會法學需要花很多時間，她絕對來不及打贏領地之戰，報答恩情。

如今再修學位也沒有意義，可是就此放棄學位也無非是糟蹋夫人一片心意。

所以她也像害怕一睡天明，拚命想用酒留住夜晚的少年，用自己的手把巨大的問題堆在眼前。

「我多少了解妳為何會有共鳴，不過……」

若想保護露緹亞，跟我把事情說清楚，放棄解決這裡的事，直接到下一個城鎮去就行了吧。

我實在不懂刻意演這場抓捕戲，還要承受違背騎士精神的罪惡感來替露緹亞掩飾的道理在哪裡。

繆里終於肯看我了。知道自己不對，卻又無法不那麼做的為難，變成眼淚流出來。

「因為，大哥哥，人很好。」

表情和話的內容對不起來。

「所以，沒有解決露緹亞的問題就走，以後也一定會用各種方法繼續幫她解決吧？我……就是希望你這樣……」

「咦……？」

我聽得一團亂，但覺得神也怪罪不了她。

繆里在說什麼，我還是聽不懂。

露緹亞和繆里合謀，不就是要我無法解決露緹亞的問題嗎？

可是繆里卻說希望我繼續幫她解決。

就像一則古老的邏輯問題——銜尾蛇會不會吃飽一樣。

「這是什麼意思……」

繆里不耐地搖起頭。

「就是那個意思啊。大哥哥人很好，離開這裡以後也會一直關心露緹亞，做這做那想幫她解決問題。不是嗎？」

一點也沒錯。禮拜堂事件後，和魯．羅瓦幾個會合，繆里正要返回城中時，為了讓她安心，我就是請她如此轉告露緹亞。

「所以你跟我想的一樣，請我跟露緹亞那樣說的時候，我尾巴差點就要跑出來了。」

我想起當時她不安的神情，以及我說不會拋棄露緹亞時那張如釋重負的臉。

我眼中的世界，輪廓逐漸模糊。

「可是，你們不在這裡以後，城裡的壞男生想一直踩在露緹亞頭上，並不是什麼困難的事。所以……」

從繆里看我的眼神，遲鈍的我才終於發覺。

原來繆里也和露緹亞一樣。

「只要能一直幫露緹亞處理解決不了的問題，我們就能一直旅行下去了吧？」

看到珍珠般的淚水從繆里的眼眶零落，我卻不禁想，承自母親的紅眼珠不曾這麼紅，眼淚卻依然透明。

「如果事情真的是迦南小弟說的那樣，等那個大公會議結束，我們的旅行也就結束了。發現露緹亞在做什麼，知道原來還能那樣以後，那就像抓住了我的心臟一樣。」

她們不單都是狼而已。

繆里是因為能打從心底了解露緹亞的感受，才能成為她的同伴。

「可是，這樣就等於……欺騙你，還發現以後也要不停妨礙下去……」

繆里右手揪住衣襬，左手擦著撲簌簌的眼淚。

「可是，這樣能幫到，露緹亞……我們的旅程，也能繼續下去……所以我就……」

所以她就卸下了有騎士徽記的劍，將腰帶收到行囊最底下，即使計畫順利得逞也悶悶不樂地走在雅肯喧囂的夜街上。

頭腦聰明，總是面面俱到又懂得往遠處想的她，竟落得這副德性。

我俯視著坦白罪狀而抽泣不已的繆里，想起她體型只有現在這毛茸茸尾巴那麼大的事。

當時她經常動作大一點，就被跟身體差不多大的尾巴拖著跑。即使後來長大不少，也還是很容易受到尾巴拉扯。理性有是有，但沒強到無時無刻都能克制住耳朵尾巴。

而且繆里招的供合理得教人發噱。沒有任何聽不懂的地方，只能說非常符合繆里的行為方式。

一點惡意也沒有，甚至讓人有些失望。

所以我怎麼也止不住嘆息，並不是因為繆里想騙我。

而是想把這顆小小的黑雪球從山上滾下來的偏見。

「拜託喔，繆里。」

繆里全身一怔，停止哭泣。

她窺視我的樣子是打從心底害怕，看了很不捨，但我仍努力維持生氣的臉說：

「大公會議的事，我不是解釋過了嗎？」

因害怕而暫歇的淚水當然不會就此止息，很快又流個不停。

為了不流於同情，我挺住肚子繼續說：

「照迦南先生的說法，教會是被逼急了才決定召開大公會議。所以只要我們準備得夠充足，想逼教會接受我們的要求，並非不可能。也就是說，這有可能讓王國和教會的衝突就此落幕。」

亦即表示，帶領我走出紐希拉的夢想終於得以實現。

「不過整件事不會那麼簡單。印製大量聖經廣布於世，使輿論倒向我們這邊，就是事先要做的準備之一。光是這樣，我們就要大老遠跑來這個城鎮到處奔走了，未來一定有很多困難等著我們去克服。這我不是都說過了嗎？」

對繆里解釋時，她一直在吵說她就是要去沙漠地區，不管那麼多。沙漠地區在我聽來就只是沙漠地區，可是對繆里而言，那問題有更多意思。

不去沙漠了嗎？不去沙漠那樣，身邊都沒人去過，只存在於書本裡的地方了嗎？新大陸這個遙遙無期的夢，已經不需要了嗎？不知何時會結束的旅程，變成總有一天會結束的旅程了嗎？

我應該也有發覺繆里是這麼想的才對。

可是沒想過那會是急需解決的大事。我是不至於認為沒必要陪繆里痴人說夢，但歧異顯然是發生在這一刻。

所以那當時，繆里是愈聽愈火大吧。

儘管眼淚還在流，她仍抬頭起來看了我。充滿不平的眼睛訴說她也有她的主張。

我也注視回去，洗耳恭聽。

聽她寧可違背騎士精神也要和露緹亞聯手延續旅程的理由，究竟多有道理。

「大哥哥……」

繆里的狼耳隨開口而擺動，尾毛倒豎。接著拱腿而立，尖尖的犬齒在濕濡的唇下發光，使我不禁瞥向脖子上赫蘿給她的麥囊。

「大哥哥打倒教會以後……」

「以後怎樣？」

我是想維持兄長的威嚴來問話。

「不就要去金毛那裡工作了嗎？」

「……」

如果她是想出我意料，效果的確很可觀。

「咦？妳、妳說海蘭殿下？」

我連維持怒目都忘了，傻呼呼地反問。

但我這樣的反應反而惹得繆里不高興，齜牙低吼起來。

這樣子挺嚇人，提到海蘭又過於唐突。難道她其實是嫉妒海蘭，可是這也未免太奇怪了。最近對海蘭態度明明軟化很多，很難想像那種事會觸怒她。

那麼，為海蘭工作的事會是解答的關鍵嗎？

有此想法後，我終於從記憶裡翻出一件事。

「妳該不會……是在說我想成為聖職人員的事吧？」

我奮勇離開紐希拉時，也懷著和漂泊到這座城的學者一樣的志向。那絕不是我的第一目的，但成功幫助海蘭匡正教會惡弊以後，我想從事領取聖祿的職業。

雖然我一開始動機不純，是為了保護故鄉不受教會權力侵犯，不過神的教誨倒是與我的個性十分契合，令我由衷地崇敬。

所以我認為從事聖職，為人們開導煩惱，盡可能讓他們在這茫茫苦海中好過一點，是一件很有意義的事。也曾利用聖職人員不能結婚這點，抵抗繆里的追求。

然而在目不暇給的冒險中，我把這些事都忘了。

我在想，繆里會不會是以為成為聖職人員，就等於必須與非人之人為敵。

可是繆里扮起聖女不僅不生氣，樣子倒還挺開心，應該是能夠輕易辨別真心話與場面話才對。

那麼「我可能就此成為聖職人員」究竟給了繆里怎樣的想法呢？

我注視她的紅眼睛吞吞口水，只見銀狼說道：

「沒有冒險，你又不娶我當新娘，還跑去金毛蓋的教會工作，那我不就什麼都沒得做了嗎！大哥哥、大哥哥你——」

半蹲的繆里像狼一樣向前傾。

「你絕對會把我趕回家吧！」

「呃，那個，繆——」

還來不及說完她的名字，她的頭就往我肚子撞來。

撲得像衝撞一樣。

當然她不是要咬我，也不是想推開我跑掉。

而是像個小孩，用她細細的手臂緊抱獵物，要讓哥哥知道她和那時候沒有任何改變。

「我不要那樣！我絕對不要一個人回村子裡！」

她吼完又開始啜泣，不久嚎啕大哭起來。

一點都不像原先的她，哭得像小孩一樣。

其實這在紐希拉的溫泉旅館三天兩頭就見得到，現在卻有闊別多年的感覺，反而格外新鮮。同時我發現，繆里在這段旅程中是真的把她的孩子氣藏了很久。

我低頭看著泣不成聲的繆里，不敢置信地重重嘆息。手繞上她瘦小的背，她卻像是以為我要推開，抱得更緊了。

看似率真的她，把該掩飾的都掩飾了。動不動就說騎士該怎樣，說不定也讓她刻意去裝成熟。

而最後是旅程恐將結束，與哥哥想成為聖職人員的事實撞出的火花，點燃了這堆層層堆積的稻草。

這團火嚇得狼六神無主，捏造出一場抓捕行動。

但我怨不了，當然也罵不了懷中啼哭的繆里。甚至鬆了口氣。

即使常被她的孩子氣搞得團團轉，在這趟旅程中，我仍常覺得她是個謹慎冷靜的狼，和愚蠢的我不一樣。儘管她一下哭一下怒一下耍任性，忙得不得了，每逢緊要關頭，她都會變回勇往直前追捕獵物的狼，情理也是不偏不倚。

可是這次呢。

繆里發現露緹亞的祕密，產生共鳴，聯手共謀有愧之事並付諸實行，最後還是後悔了。

這一連串行為是有其道理，但於情是狗屁不通。如果說很高興繆里也有這種少根筋的一面，會很過分嗎。

然而我還是無法完全原諒痛哭的繆里。不是因為她明明有罪惡感還陷害哥哥，單純是她這一連串行為的大前提，有個明顯到不行的漏洞。

最近這哥哥都被她踩在腳下，是該盡點責任了。

「繆里，妳先聽我說。」

讓她哭了一會兒後，我摸摸她的背，雙手扶肩輕輕推開她。

深怕流血地小心翼翼剝開痂瘡般，與銀色少女拉開距離，只見她用隨時會噴火的稚子面容看著我。

「請妳用最單純的方式想一想。」

我對眼淚流得像溫泉的繆里說：

「就算我叫妳回紐希拉，妳會乖乖回去嗎？」

我想，我可能是有點數落她的表情。

因為我能輕易想像自己因故而不得不將她送回紐希拉時，那會是多麼辛苦的一件事。

「不管我有什麼理由，妳都不會乖乖回去吧？」

有個形容是說「啃石頭也要如何如何」。在我準備下山時，繆里是真的啃我的手腳，說什麼都要跟我去，最後躲進空桶裡跟來。我是要怎麼想像這樣的繆里會乖乖回紐希拉呢。

我敢對神發誓。

無論我有怎樣的理由，繆里都會抵死不從，硬是要跟在我身邊。

「妳是不是幻想故事寫太多啦？」

聽從兄長吩咐愴然回鄉的柔弱少女，只存在於她自己的想像或詩人歌曲中的虛構故事裡。

我看她是深陷於露緹亞的孤獨故事裡，也把自己當作悲劇女主角了吧。

畢竟她是多愁善感上有掛保證的青春少女。

「怎麼樣？」

繆里目瞪口呆地仰望逼問的我。

「我叫妳回去，妳會乖乖回去嗎？我要怎麼講妳才會乖乖回去？」

「……」

她吸吸鼻涕，用力搖了搖頭。

蘋果不會往天空掉，太陽不會打西邊昇起。

這個野丫頭，不會因為我叫她回去就回去。

「……呃……這、這樣……那、那不就……？」

繆里的狼耳迷了路似的左右打轉，尾巴低垂。

表情隨後跟上，尷尬地垂下頭。

「這次是妳要白痴了。」

我敲敲她的腦袋，她木樁似的愈縮愈低。

「妳應該是太同情露緹亞的遭遇才會這樣吧。」

羞得勾起手指的繆里像是因這句話想起重要的事，忽然抬頭說：

「啊，大、大哥哥！」

「什麼事？」

「露、露緹亞那邊……怎麼辦……」

她又一臉快哭的樣子，害我緊張起來。

「妳們到底是計畫了些什麼東西？」

愛搗蛋的繆里腦筋比大人還賊，搞得我在紐希拉天天胃痛。

而且這次還跟露緹亞聯手搞鬼。

「那、那個……因、因為你們好像可以輕鬆解決所有問題，我就跟她說，不如大膽一點跟南鷲幫合作，會比較有效……」

大概是認為面對黎明樞機、稀世書商和任職於教會中樞的神童這般陣式，不這樣不行吧。

對南鷲幫來說，與露緹亞聯手的動機也是十二分地充足。

「他們還沒開始談吧？」

我問繆里還來不來得及，而她眼神心虛地游移幾圈才對我說：

「應、應該吧……」

襲擊禮拜堂的南方學生，似乎也沒有多相信她們。

所以我想事情還不至於無法挽回，而繆里這麼說：

「露、露緹亞為了取得對方的信任，說要故意讓解救小雞的計畫失敗得很難看……拿來跟他們交換……」

決心收起尖牙利爪的露緹亞，連自己的良心都要出賣了。

認為做出這種事情，也比美夢破滅來得好。

我重重嘆息，嚇得繆里又縮起頭。

「不可以讓露緹亞小姐心裡留下這種烙印。」

人家是迷途羔羊，她是迷途的狼。

水往低處流，弱者會受到深淵的吸引。

擱下騎士之劍與腰帶的繆里對自己的錯誤急得發慌，想起身補救，卻遭到我的遏止。

「這件事妳不能出面。」

「可、可是！」

「沒有可是。妳找她做壞事卻中途反悔，這樣是要露緹亞小姐相信誰？」

「啊……唔……」

繆里的耳朵都癱了。要解開這團纏得亂七八糟的毛球又不扯斷毛線，需要想個好法子。

「妳聽好。妳現在是詭計被我拆穿，然後被黎明樞機這哥哥揪起脖子痛罵一頓，只好哭哭啼啼地把事情都說出來，知道嗎？」

「咦？這……樣是……」

即使脖子縮得像是被我按住，她仍支支吾吾地有話想說。

「就跟妳說，現在能把露緹亞拉回正路的只有我而已。」

這樣繆里就不必成為輕易洩漏合作夥伴密約的叛徒，露緹亞也不必遭到茫茫天地間只遇到這麼一個的狼同伴背叛。

繆里會招供，是因為狼群中不可違背的階級關係。被哥哥抓住了脖子，就只能嗽嗽嗚咽。

「至於妳在這時候要做什麼嘛……先跟魯．羅瓦先生他們一起耐心等待吧。」

留下繆里，是避免露緹亞不相信我，同時還有另一個目的。

「呃……去、去他們那邊……？」

繆里像是想像到那畫面，尷尬得尾毛倒豎。

眼睛彷彿在求我好歹讓她單獨留在這裡。

「妳的騎士佩劍和腰帶都在那裡。把騎士誓言的意義重新複習一遍。」

繆里一臉快哭出來的樣子，最後無力地點了頭。

「真是的……」

我知道她和露緹亞勾結不完全是自私自利，所以用力摸摸她的頭。我相信她是真的對露緹亞的孤獨產生共鳴，無法拋下無家可歸的狼。雖然她老是嫌哥哥濫好人，她自己心腸也挺軟的。

和我不一樣的是好心歸好心，腦筋還是挺靈光。

畢竟她是發現幫助露緹亞也能順便延續她的美夢，才選擇和她聯手。

「妳做的壞事就是壞事，我不會裝作沒看見。我會另外找時間好好處罰妳。」

繆里像是想起自己在溫泉旅館成天捱罵，嘴巴一張一合抬著頭，像魚一樣。

「裝這種表情也沒用。來，耳朵尾巴收起來，快點到魯．羅瓦先生他們那去。」

拍了拍手之後，大受打擊的繆里不情不願地站起來。

她又不死心地用乞憐的眼神看我，這次我倒是很輕鬆就面無表情地盯著她。因為我有種預感。

果不其然，繆里退卻後視線飄了飄，舌頭一吐拔腿就跑。真不曉得她是懂事還是幼稚。

結果她跑到巷子口停下來，轉身喊：

「大哥哥，要救露緹亞喔！」

說完就消失在巷弄的陰影裡。

我甚至有點希望她永遠保持這樣，不要長大。

「好啦。」

還有一隻迷途的狼。

我挪動雙腳，踏出步伐，可是黑漆漆的巷子路讓人走得很不安。

不禁想請繆里先帶我去青瓢旅舍，並為自己太依賴繆里而苦笑。

經過幾次迷路，我終究是來到了青瓢旅舍。路上所望見的貧窮學生住處，乍看之下與平時無異，仔細看便能發現窗縫間的燭光，還有人影匆忙來去。

看來我是在小雞解救計畫執行前趕到了。

繆里說露緹亞為了博取南鷲幫的信任，要故意搞砸這場行動。

若進行得順利，她的同伴就不會知道密約的事，可以將這場對抗南鷲幫的戲碼繼續演下去。

可是知道真相的露緹亞本身，自尊將會像暴露在硫氣底下一樣遭受腐蝕。

會這樣自甘墮落，並不是因為她心智不堅。如果要怪，該怪的是我太天真，以為問題都能解決，或以為都該解決。完全沒考慮需要這些問題的人怎麼想。

就跟世上沒有戰爭比較好，可是有許許多多的騎士團或貴族子弟，會因為無法戰鬥而失去希望一樣。

因此，我顯然不應該單方面指責露緹亞是個騙子。

可是露緹亞的企圖是對的嗎？當然不是。她困在夫人在火爐前替她梳頭，或者說梳毛的回憶裡。宛如漂流於天地的夾縫間，在這座城裡作夢，這實在不是一件健全的事。更別說和南方學生勾結，害無辜貧窮的學生遭殃了。

露緹亞或許會怪我多管閒事，但立志投身聖職的我若要視而不見，就得跟繆里一樣，先把聖經藏在地毯底下。

既然她因傷而苦，我就得抓住她的手，將她拉出黑暗才行。

我和只想到互舔傷口的繆里不同，有其他解法。

「露緹亞小姐在嗎？」

青瓢旅舍門後的酒館部分充斥著平靜的喧囂。

有人拿刷乾淨的鍋子當頭盔，在把手上綁皮繩固定。有人在揮舞擀麵棍，有人在檢查牲口皮鞭的手感。

每個都是臉上仍有些稚氣的少年，在燭光的映照下，宛如繆里筆下的兒童歷險記一景。

旅舍老闆這少數的成人看我很急，有點嚇到地回答：

「露緹亞小姐在上面……」

「謝謝！」

我甩開備戰少年們的視線，跑上階梯。

二樓也都是趕著準備襲擊敵方據點的少年，亂糟糟的。一眼找不到露緹亞，我便繼續往三樓走，那裡反而沒人。視線往天花板掃，也包括求神保佑的意思在。

我有說服露緹亞的手段，可是難免有些多管閒事的感覺。

想填滿那空隙，需要不少決心。

多到甚至需要神助。

到了四樓，儲存知識武器的房間開著，有燭光透出來。

「露緹亞小姐。」

我在門口叫她的名字。我還沒進旅舍，她就知道我來了吧，用心涼了一半的臉闔上手裡的書。從厚度來看，大概是以教會文字寫成的聖經。

「既然黎明樞機代替銀狼來到這裡，不會有好消息吧。」

「一樣是好消息。」

露緹亞轉過頭來。

「我是來把妳拉出惡夢的。」

掩蓋隱隱作痛的傷痕，藏於人群之中的狼抬起一邊嘴角。以人臉來說，那是笑容沒錯，但同時也是獵人藉著追蹤血跡把狼逼到無處可逃的表情。

「管那麼多做什麼。」

「我就知道妳會這樣講。」

我向前一大步，以為她會用聖經扔我。

可是她動也不動，只是露出狼耳狼尾。

像在說再靠近就會亮出爪牙。

「我相信妳不會亂來。」

我並不退卻，若無其事地向她逼近，結果是她睜大眼睛退了半步。

「露緹亞小姐，妳失去狼的驕傲了嗎，該收手了吧？」

露緹亞用冒火的眼睛罵我自以為是。火是過去感受到的爐火，也是弔唁過世領主的燭火。

「繼續這樣沉溺在虛偽的戰鬥裡，對誰有好處呢？」

貧窮學生會在絕望中懷抱對取得學位些微希望，露緹亞繼續希望時間停留。在這遍地野心的城裡，即使是如此虛幻的願望也不足為奇。

「我為不了解妳的苦衷就一廂情願地想解決問題道歉。」

黎明樞機這角色，具有我無法想像的力量。這次我總算切身體會到，在現實中要弄起名聲、人脈這些難以捉摸的東西，有多麼可怕的威力。

露緹亞放心地認為無解的問題，在如此力量前簡直不堪一擊。

「知道妳的苦衷以後，我深深認為必須徹底斬斷問題的根源。」

「閉嘴！」

露緹亞大聲怒罵，齜牙撲過來。

在森林裡狼撲上來，凶猛低吼著張嘴時，人通常會用推的方式拚命閃躲尖牙。可是住在森林裡的狼和住在屋子裡的人力量相差巨大，用這種方式抵抗幾乎是必死無疑，但不是完全沒救。面對強大的力量，就不該正面對抗。

該做的，是相反。

「露緹亞小姐。」

「！」

露緹亞像是一時間不知道這是怎麼回事，只知道自己被我正面緊抱，和牙齒咬過空氣。

若換作繆里，多半會預測到這種事而保持距離，不然也能像兔子一樣迅速從底下鑽出去。因為她動不動就被人抱，對人的關愛已經習慣到撐了。

可是露緹亞並非如此。

她曾靦腆地說，在火爐前梳頭，給她露緹亞這名字的生活讓人陶醉。這樣的人過去的生命裡，不太可能會有被人正面擁抱的解法。

「我不是妳的敵人。」

「唔唔唔唔！」

她吼叫著扭動掙扎，但我左手壓住她慣用的右手上臂，右手也從她左手底下繞到背後並抓住左手手腕緊緊扣住，保持相錯的姿勢。就算是粗魯的繆里也沒那麼容易掙脫。

露緹亞果然不知道怎麼使力，不停無謂掙扎，當然也咬不了我，整個人就像溺水一樣。

「露緹亞小姐，我不是妳的敵人。」

若換成繆里，我已經做好吃頭槌的準備了。露緹亞不知是反應沒那麼快還是只是裝凶，就只是胡亂扭動、低吼。

不變回狼，是因為兩者皆是吧。我忽然放開雙手。

露緹亞從我身上彈開，遠遠後退，卻也為我為何放開她而困惑，表情忐忑地看著我。

「妳必須回歸正途。」

而且我相信她做得到。

可是這句話卻使她露骨地扭曲了表情。

氣我多管閒事只是一瞬之間，很快就變成不堪痛苦的少女臉龐。

「……我不要。」

因此，她弱弱的回答感覺十分幼小，宛如山崩前的小碎石。

「我不要……不要不要！不要！」

露緹亞叫得披頭散髮，還抓起頭來。

「你又懂什麼！我都是一個人！我的長嚎都沒有人回！他們把我帶出森林就自己死掉了！留下我一個！把我丟在這座破城裡不管！」

露緹亞是瞪著我罵，不過她的眼睛其實是看著記憶中敬愛的領主夫婦吧。

原以為會永遠持續的日常，一轉眼就結束了。露緹亞這樣長壽的非人之人，是不是將那視為背叛了呢。她是不是知道這樣想不對，沒有機會訴苦呢。是不是為了吞忍作嘔的糾結，才需要活在夢裡呢。

如同從前沙漠地區服侍王室的殺手家族，為抑制恐懼吸食特殊焚香，她大口呼吸著大學城頹廢的夢幻空氣。

露緹亞抱持著似笑非笑的表情，滴下了眼淚。

森林裡的狼從不落淚。

只有見過人世溫暖的爐火，才懂得傷悲。

「你懂、什麼……」

面對這樣的露緹亞，做什麼都沒自信的蠢羊是這麼說的：

「我懂。其實我懂。」

口吻略顯疲倦，或許增添了點信度。

「我身邊的狼，也曾經有過那種陰影。」

為了驅散陰影，我對繆里發了誓。

承諾永遠站在她這邊。

但我和露緹亞的關係沒那麼深，這招不能用來說服她。接著想到的是邀她與我們同行，可是這不僅失禮，還是種汙辱。

因為那等於厚著臉皮說，我們可以填補她失去領主夫婦的寂寞。

我想繆里一開始也曾試圖說服露緹亞，然而她身邊有我，說能填補她的寂寞沒什麼說服力。

以負面動機與她維繫，也許是因為沒有其他選擇了。

所以想解決折磨露緹亞的問題，需要先與她建立連繆里也達不到的感情。

前往青瓢旅舍的路上，我一直在想該怎麼做。

只憑承諾和言詞，顯然不具意義。

有人會以自己的血來立誓，以證明自己的決心和言詞不假。就像露緹亞為了和對抗多年的南方學生合作，想把自己的良心整個賣給他們一樣。

既然如此，我也有機會說動她才對。

想想來到這裡而認識的露緹亞即可。

線索就在那裡。

我正面直視露緹亞，說道：

「曾有詩人說，失戀的痛楚，只能用新戀情來醫。」

「啊……？」

想讓亢奮的狗轉移注意力，得先做點牠意想不到的事。

「不想離開我身邊的狼，認為一旦看見冒險的終點，只要強行開啟新的冒險，延長下去就行了。」

「……」

露緹亞像是想起了真的從信上嗅出謊言還為她保密的繆里，沉默不語。

「妳縱有尖牙利爪，也幫不了妳所愛的人，無法保護他們不受人世的不公不義侵害，所以想取得能在人世起作用的力量。」

教會法學即是文字形式的力量中最強大的一種。千百年來有許多國家興起、制法、滅亡，唯有教會法典存續至今。

「而且妳說過，那些貴族跟教會勾結，要竊占妳深愛的領主夫婦經營多年的土地。那麼，如果有東西能撼動教會的根基，妳會想要嗎？」

錯愕到現在的露緹亞總算跟上對話，防備起來。

「哪……哪有那種東西。教會就是人世的主宰，如果那些紅披風戴王冠的做得到，我早就用爪子牙齒擺平教會了。」

劍與盾力量有限。事實上，這世上任何一個國家的勢力範圍都沒有現在的教會廣。靠蠻力亂咬教會，只會被壓倒性的力量打回來。

所以露緹亞才會像我剛才抱她那樣，想藉學習教會法學欺近教會。

「你現在是想怎樣？要說只有黎明樞機才能打倒教會嗎？」

那譏諷的笑看似逞強，我當然也不會說那種話。

只是有個甚至沒對繆里說的祕密。

「我不是打算打倒教會，而是匡正教會。」

露緹亞覺得我是沒膽又愛面子吧，努力擺表情嘲笑我的怯懦。但我對她說：

「可是我卻發現了能徹底顛覆聖經正確性的事。這件事關係到曾經在古帝國時期，流傳於沙漠地區的知識。」

露緹亞笨拙的嘲笑僵住了。

「你到底……在說——」

我迅速逼近一臉疑惑的露緹亞，抓住肩膀不讓她逃走。臉貼得連淚濕的睫毛都數得清楚，是因為這件事不能被任何人聽見，就算是月亮也不能。

我用全世界只有這對狼耳聽得見聲音低語：

「這件事，牽涉到世界的形狀。」

「……世界的……形狀？」

「大海有沒有盡頭，盡頭另一邊又有什麼。或者說——」

我望向半開的窗外。

「天上的月亮，為何會有圓缺……」

露緹亞眼睛大睜，表示心裡有數。

這位少女曾為了尋找狼族同伴，調查過起源於古帝國，使用狼做徽記的家族，也在這過程中學會了沙漠地區的語言。那麼，聽過相關學說也是很正常的事。

因為文法課一般是利用故事書當課本。

古帝國有許多稀奇古怪，現在的教會聽了會跳腳抓人的故事學說。其中影響最大的，即是世界並非平坦，恐為球形的假說。

藏在諾德斯通住處的銀色金屬球。

彷彿把月亮摘下來的外表上，刻劃著世界地圖。

從一邊打來的月光，正確重現了月的圓缺。

「教會也很可能不想從夢裡醒過來。」

聖經寫道，這世界是神所創，萬物的唯一中心。

但若大海真的沒有盡頭，往西一直走會從東邊繞回來，而且這假設也適用於月的圓缺，那麼太陽也肯定適用，夜空中大大小小的星斗亦如是，只是真的很難想像。

如此一來，傳頌千年的神創天地，以及地底的概念，規模簡直小得可憐。要是天上不是天國，而是有千千萬萬如同我們腳下大地的地方，那麼蒙主寵召以後究竟是要去天上的哪一顆星呢？如果大地是一直往下挖就會從另一邊出來的球形，那麼地獄究竟在哪裡呢？

教會有許多聰明人，很早以前就注意到一旦認同世界可能是圓形的想法，會立刻爆發出無數棘手的問題。

所以急著掩蓋這件事，當作沒發生過。

「曾經有個非人之人的鍊金術師，和某位貴族住在一起。她是貓的化身，做出這世界的模型之後就突然出海追尋西方的盡頭了。她也懂得古帝國的知識，還會觀察星象，調查星星怎麼移動。所以這個鍊金術師，可能是去尋找所謂的新大陸了，但我覺得不是這樣，而是為了確認世界的形狀。」

我到此稍停片刻，刻意地唐突說道：

「我認為，教會的弊病是一定要匡正。」

有害的夢，就必須醒。即使會因此目睹殘酷的現實，也比自欺欺人來得好。

「這件事我都還不敢告訴繆里。這對她來說……刺激恐怕太大了點。」

甚至難以想像她會是什麼反應。

不是能憑臆測來談論。

「不過妳在深愛的領主夫婦過世後也依然能收起爪牙，憑藉理性找到學習教會法學這條路，來面對人世的不講理。我相信這樣的妳值得信賴。」

我抓起露緹亞的手，她驚恐得像我在手裡塞了一大顆寶石一樣。

「妳能替我查明真相嗎？」

說不定，我這是在做一件非常殘酷的事。因為這大到深植於大學城的既得利益問題完全無法比擬，而我卻要把這樣的事推給她。

我連如何確認這世界的形狀都無法想像。貓錬金術師就這麼不顧危險地跳上了船，為證實往西走也能從東邊回來而啟程。

不過這同時也是露緹亞所想要的，或許永遠無法解決的問題。

而且是出於黎明樞機的委託。

我不是只憑自己的倫理觀，要露緹亞一個人醒來。

把為了信仰，不惜證明教會是個大騙子這種幾乎與異端無異的事，交到露緹亞手上。

「從前有過獵月的熊，這次換狼來獵怎麼樣？」

露緹亞有知識，有尖牙利爪，相信能以黎明樞機所做不到的方式破解世界的奧秘。

再加上非人之人本來就有搞垮教會的理由。

「你這是……」

露緹亞幾乎是傻眼地看著我，然後笨拙地笑了。

「我是黎明樞機，夾在黑夜和白晝之間不是正合適嗎？」

不懂男女關係，也很容易受到善惡變化的翻攪。

但我確有跨足非人之人世界這獨特的優勢。

既然能夠連接兩個世界，自然也能在歌頌教會應有面貌的同時去懷疑其根基。

「我是因為相信妳，才交給妳這把鑰匙。」

這把鑰匙，能開啟或許不該開的門。

透露這祕密，絕不是為了博取她信賴的權宜之計。

我接下來需要和海蘭跟迦南正面對抗教會，不能隨隨便便照繆里希望的那樣前往沙漠地區，更不能大剌剌地調查那種比新大陸更荒誕，而且與異端直接相繫的事。

可是這件事又必須有人來做，而我認為目前沒有人比露緹亞更值得信賴。

其實頗為認生的繆里居然和她共謀出賣良心的計畫，就是十足的根據。我沒有理由不信任繆里信任的人。

「從今以後，妳所愛的人恐怕依然會一個個從妳面前消失。」

我將真正的鑰匙放進露緹亞手裡。

「可是把妳當同伴的人，也會一個個出現。」

所以別再沉溺在黑暗裡，請站起來走出黑暗。

這或許是種殘忍，或許是多管閒事。

更何況無法給予任何保證。

但是我相信她。

畢竟我都願意相信從沒見過的神了。

露緹亞注視我一會兒，忽然移開視線。

嚥下什麼般低頭後，抬起頭來。

「……我好像知道繆里那樣的人為什麼會咬著你不放了。」

露緹亞笑著用手背拭淚。

「跟我說這種祕密，未免太傻了。真的是，傻到極點。」

習慣被人說傻的我只是縮脖子微笑。

「要從夢裡醒來是吧。」

露緹亞視線垂落掌心，然後握起手抬頭說：

「好哇。可是我有個條件。」

「條件？」

露緹亞不枉是狼族兒女，大膽地露出牙齒，不過這次是個可愛的笑。

終幕

小雞——一群奄奄一息流浪到雅肯，還不知天南地北就被小流氓抓去當手下的孩子。解放所有小雞的計畫，結果是極為成功。

即使位置在繆里調查後經過變動，能藏匿小雞的地點仍然有限，瞞不住早已將全城野狗納為手下的露緹亞。

南鷲幫因這場行動失去小雞而變得一團亂，遭到亟欲破除舊弊的北方狼窮追猛打。

德堡商行的回信也在這時寄來，說願意資助這群前途光明的少年。這裡的教會原來並未與罪惡掛勾，只是存在感稀薄，經過迦南勸說後也願意協助驅除南鷲幫，喜事一件接一件。

而且和南鷲幫度了好幾年蜜月的教授公會，也因為迦南和魯·羅瓦的攻勢，在入會費、授予學位時的贈禮規定、揀選課本等方面大幅讓步。

事實上，如果強那邊印刷術發展順利，課本這邊謀略再多也沒用。無論未來指定多貴重的書籍當課本，只要溫菲爾王國能提供廉價聖經，他們再怎麼樣也守不住。

雅肯的問題就這樣潰堤般一發不可收拾地解決了。

事情全發生在與露緹亞那場對話後的幾天裡，我也向海蘭報告了事情的始末。

但不是每件事都寫上去。

其中最重要的便是滔滔江水沖去雅肯一切問題的前幾天，我成功說服露緹亞之後，回去找魯．羅瓦他們當天夜裡的事。

原先的會合點，只剩繆里一個孤零零地等哥哥回來。

「他們都回旅舍了。」

繆里臭著臉坐在行李上，長劍已掛在腰間，染上狼徽的腰帶也繫回去了。單獨留在這裡，是因為聽從哥哥的吩咐，加上想盡可能與魯．羅瓦他們保持距離以避免尷尬等，想也知道是藉口的理由。

「我跟露緹亞小姐和解了。」

繆里在黑夜裡大膽釋放耳朵尾巴，用衛兵抓到竊賊的其他罪行的眼神看著我。

「……露緹亞的味道怎麼那麼重……」

我知道這是理所當然，所以沒有多檢查自己衣服的味道。

——可是我有個條件。

我想起露緹亞這句話，以及接下來的事，心裡既放心又不敢相信，頗為複雜。

「所以說，你是怎麼說服她的？」

繆里尾巴搖個不停，懷疑地問。

一副雖然我幫她收爛攤子，旅伴還是有權了解的樣子，可是我閉口不談。

「大哥哥，怎麼不說話嘛！」

繆里急著追問，表情不是生氣，是不安。

等她總算想跳下行李堆，我才慢慢回答：

「為了維護露緹亞小姐的名譽，我不能說。而且──」

一靠近繆里，她頭還沒抬起來，鼻孔就已經張大。且不僅是尾巴，連狼耳尖端的毛都被雷打到一樣豎起來了。

「這也是對妳的處罰。」

「啊？呃，唔……」

「還是說──」

我稍微拉高音量，從上方窺視她般把頭逼近。

「妳信不過我們的感情？」

露緹亞笑著說她從氣味察覺了我和繆里的關係。那樣子彷彿能看出繆里晚上是怎麼抱我，很難為情。

同樣流著狼血的繆里，也能像在夜晚的洞窟裡灑發光蕈的粉一樣聞出我身上露緹亞的味道，連指頭的形狀都一清二楚吧。

露緹亞為清醒開出的條件，是這樣的：

「能借我……靠一下嗎？」

她紅著臉，樣子有些忸怩，但我當然是即刻明白那是她給我的祕鑰。我相信，那也是她在領主夫婦過世之前說不出口的話。

我將露緹亞擁入懷裡，她很快就放聲大哭，然後說了很多為什麼丟下她之類的話。

為了讓她徹底發洩，我盡可能保持無心。可是她和繆里差不多高，抱起來卻非常不同的感想，卻怎麼也抹不去。

不知到底過了多久，應該沒有多長吧，露緹亞毫無預警地退開，拿起一旁薄薄的草稿紙猛力擦臉擤鼻涕。還好嗎、冷靜點了嗎之類的話，我沒有問。

最後露緹亞深吸一口氣，大步穿過我身邊，對從樓下窺探狀況的同伴大喊：

「走了！我們去把南鷲幫的羽毛拔光！」

北方狼群愣了一下，然後群起呼號。

「剛才的事，你不會告訴別人吧？」

我用黎明樞機的眼注視露緹亞的狼眼。

「只要妳願意保護我的祕密。」

露緹亞爽朗一笑，再也不多說一句話，不帶絲毫依戀地下樓去了。

我就此悄然離開青瓢旅舍，來到遇上許多問題而利用哥哥耍詭計，快被我一身狼味急哭的繆

里面前。

「接下來這幾天，我要保留這氣味，不准妳跟我睡，不准牽手，也不教妳拼字。」

聽見我舉出的嚴懲，繆里的紅眼睛都快溶化了。

我努力憋笑，又說：

「狼徽在看妳喔，妳騎士當假的嗎？」

騎士不能輕易落淚，有錯就要改進。繆里咬唇嘟嘴，鼓起力氣擦擦眼角，猛然從行李上跳下來。

「對啦！我就是騎士啦！」

然後怨恨地瞪我一眼，最後「咿～！」地齜牙作鬼臉。我為老樣子的她笑了笑，替她拿起一半行李，前往魯．羅瓦幾個所在的旅舍。

路上，城裡不斷傳來北方學生為拯救小雞而掀起的喧囂。連死人都要吵醒的衛兵警哨，一陣陣劃破夜空。

但願所有人都能從惡夢中醒來，睡個好覺。

也希望明天能升起燦爛的朝陽。

「那個，大哥哥……」

快到旅舍時，繆里小聲說：

「牽手，應該沒關係吧？」

看來我是成不了嚴格的一族之長了。

「是比用繩子拴住好一點。」

我伸出手，狼的手便一口咬來。

要永遠記住這溫暖，說什麼也不放。

在令人感到夏季即將來到的夜裡，掌心傳來這樣的決心。

後記

感謝關照，我是支倉。交稿時忘了後記，所以寫得很急。

寇爾和繆里的冒險來到了第八集。能夠寫出一直很想寫寫看的東西，感覺很滿足，這次解決的方式我也很喜歡！尤其是因為新大陸而非得出現的諾德斯通那顆金屬球，能用那種方式處理掉，真的是滿意到不行。之前還在想，要對抗教會又一下獵月熊、一下新大陸，到底該怎麼收拾才好？現在總算是放下一個擔子了。

可是我原本的大綱裡，完完全全沒有這樣的計畫，讓我不禁想自己花那麼多時間寫大綱到底是為了什麼。我就是會立一堆縝密的旅行計畫，也花了好幾天準備，到了當天卻會弄丟大行李的人吧。

再來，這集有好幾次繆里洩氣的場面，我也很喜歡。感覺繆里被寇爾罵的時候最可愛，後面死性不改的部分也是。

而且這次寇爾是用哥哥的身分罵繆里，不是黎明樞機，寫起來很愉快。寫長篇小說很容易把主題寫得太大，劇情太嚴肅，這樣我覺得剛剛好。

流浪學生和大學城風波，是參考了《流浪學生普拉特手札》（Thomas Platter 1499～1582）。這書很老，大概要去圖書館才找得到。不過很有意思，推薦各位一讀。

最後要說的呢，會不吝翻閱本書的讀者可能已經都知道了，慎重起見我還是提一下。《狼與辛香料》系列又確定要動畫化了！還不知道的人，請趕快搜尋「狼與辛香料動畫」！《狼與羊皮紙》我也會努力寫下去，懇請各位連同本傳一起賞光。

雖然還有些空白，這次就寫到這裡了，我們下次再見。

支倉凍砂

03
菜鳥鍊金術師開店營業中
いつきみずほ
ふーみ
Management of Novice Alchemist No money…?
錢財短缺了?
Kadokawa Fantastic Novels

Silent Witch 沉默魔女的祕密 1~3 待續

Kadokawa Fantastic Novels

作者：依空まつり　插畫：藤実なんな

參加棋藝大會比賽的莫妮卡將棋逢舊友!!
她的假身分即將被揭穿!?

三大名校舉辦棋藝大會，莫妮卡的母校米妮瓦亦將參賽。棋逢舊友的莫妮卡卯足全力變裝，然而……「看來我，虛假的校園生活……就要這樣，畫下句點了。」即使祕密有曝光之虞，極祕任務仍必須執行！無詠唱魔女要將趁虛而入的惡意徹底擊碎！

各 **NT$220~280/HK$73~93**

國家圖書館出版品預行編目(CIP)資料

新說狼與辛香料狼與羊皮紙/支倉凍砂作 ; 吳松諺譯. -- 初版. -- 臺北市 : 臺灣角川股份有限公司, 2023.02-
冊 ; 公分. -- (Kadokawa fantastic novels)
譯自 : 新説 狼と香辛料 狼と羊皮紙
ISBN 978-626-352-263-3(第8冊 : 平裝)

861.57 111020700

Kadokawa
Fantastic
Novels

新說 狼與辛香料
狼與羊皮紙 8
（原著名：新説 狼と香辛料 狼と羊皮紙Ⅷ）

2023年2月23日　初版第1刷發行

作　　者：支倉凍砂
插　　畫：文倉十
日版設計：渡辺宏一
譯　　者：吳松諺

發 行 人：岩崎剛人
總 編 輯：蔡佩芬
編　　輯：黎夢萍
美術設計：莊捷寧
印　　務：李明修（主任）、張加恩（主任）、張凱棋

發 行 所：台灣角川股份有限公司
地　　址：104台北市中山區松江路223號3樓
電　　話：（02）2515-3000
傳　　真：（02）2515-0033
網　　址：www.kadokawa.com.tw
劃撥帳戶：台灣角川股份有限公司
劃撥帳號：19487412
法律顧問：有澤法律事務所
製　　版：巨茂科技印刷有限公司
ISBN：978-626-352-263-3